ORIGINE

DELLE

FESTE VENEZIANE

VOL. V

GIUSTINA RENIER MICHIEL

DELLA SALUTE.

Seguìta nel 1627 l'estinzione della linea mascolina dei Duchi di Mantova, alcuni tra' più gran principi d'Europa rivolsero su quello Stato le loro mire. Pure l'ultimo Duca Vincenzo Gonzaga avea nominato solennemente per testamento in suo legittimo erede e successore Carlo Gonzaga Duca di Nevers, come il parente più prossimo di sangue; anzi, a quest'effetto, aveva fatto venir di Francia il di lui figlio Carlo principe di Rhetel creandolo suo luogotenente generale. E per consolidare viemaggiormente le ragioni di lui, aveagli prima di morire, fatto sposar la nipote Maria, figlia di suo fratello Ferdinando, ottenutane la permissione dal Pontefice. Difatti, non sì tosto morì Vincenzo, che il principe di Rhetel prese le redini del governo, e ricevette da tutt'i sudditi il giuramento di fedeltà in nome del padre, il quale subito abbandonò la Francia, e giunse a Mantova, dove fu accolto e riconosciuto da' Mantovani come il principe legittimo, e il loro vero sovrano.

Non potevansi non riconoscere validissime le sue ragioni, ed equa la sua causa; ma gli Spagnuoli, già fatti forti in Italia, vi si opposero col pretesto, ch'essendo il nuovo Duca nato ed educato in Francia, disdiceva, che un principe suddito di quella corona dominasse in Italia. L'Austria mostrandosi di cedere alle instigazioni degli Spagnuoli spedì in Italia un commissario per prendere possesso del Monferrato, e di Mantova con tutte le loro pertinenze, intimando al Duca d'accordare che vi fossero guarnigioni tedesche in Mantova sino alla decisione dell'affare; ma questi non fu persuaso di cedere ad alcuno de' proprj diritti. Ecco dunque di nuovo la guerra in Italia. La Francia si dichiarò in favore del Duca; e la Savoja fu costretta ad allearvisi, benchè a malincuore, essendo moltissimo irritata pel matrimonio sopra indicato, che disturbava le sue mire sul Monferrato. La Repubblica di Venezia venne ricercata da tuttadue i partiti. Trovossi essa nel maggiore imbarazzo per la scelta. Non voleva allearsi all'Austria, ma non amava neppure confederarsi alla Francia, poichè già sin d'allora aveva esperimentato gli effetti de' suoi rigiri e de' suoi inganni. Pure fu d'uopo vincere ogni avversione, e scegliere fra i mali il minore. Riflettendo adunque particolarmente, che se la fortezza di Mantova, per la sua prossimità agli Stati Veneti, caduta fosse nelle mani del più forte, com'erano quelle dell'Austria, vi sarebbe stato molto di che temere per sè, risolse di prendere le difese del debole Duca di Nivers, e di unirsi alla Francia. Il Senato mandò quindi ambasciatori a Luigi XII per annunziargli questa risoluzione, e per eccitarlo anche a spedire pronti e forti soccorsi al Duca di Mantova, poichè il suo pericolo aumentavasi di giorno in giorno. Ma la Francia operava assai lentamente, e la Savoja più ancora; di modo che ben presto si videro grossi corpi di truppe austriache discendere dalle Alpi Retiche, e spargersi nel fertile territorio Mantovano, che devastarono, e nel quale, per soprappiù, disseminarono anche il contagio. Il Generale Aldringher, che comandavale, non trovava quasi mai opposizione nelle sue marcie, poichè le truppe del Duca si ritiravano precipitosamente, non amando punto il suo signore, al quale non obbedivano che per forza. Quest'avversione del popolo pel suo sovrano era il maggiore di tutt'i i mali, come sempre accade nelle occasioni pericolose. Egli veniva raggirato nei consigli, riempiuto di falsi timori, ed insidiato in tutte le guise, ad oggetto di accelerare la sua rovina. Alloraquando le truppe imperiali avanzarono al punto di minacciare il borgo di S. Giorgio, i cortigiani lo persuasero di cederlo all'Aldringher in segno di rispetto verso di Cesare, potendo in tal modo sperar di ottenere un onesto accomodamento. Animato il comandante da un avvenimento così inatteso, ordinò immediatamente di andare a prender Goito. Ma come riuscirvi? Situato all'estremità del Mincio, la sua posizione lo rendea quasi inespugnabile; oltrechè era ben provvisto di difensori, d'armi e di mura; pure ai primi attacchi gli abitanti vollero assolutamente arrendersi, malgrado la resistenza della guarnigione, quasi tutta veneziana, che come quella del borgo intendea di difendersi ad ogni costo. Convenne però cedere. Allora gli Austriaci entrarono in fiducia di poter prender Mantova per sorpresa. Il valore de' Veneti vi si oppose; ma uno sciame di ribelli, sedotti dall'oro, rese inutili le opposizioni. Nella notte dei 18 luglio 1630 vennero gl'imperiali da due parti ad attaccar Mantova. I traditori, secondo il concertato, fecero smontar le truppe vicino al baluardo del Giardino, dando a credere agli assediati esser quello il soccorso atteso: ma videro invece uccidersi le sentinelle ed empiersi tutta la città di Austriaci. Il Duca, all'annunzio di questo terribile avvenimento, si salvò con suo figlio ed il maresciallo di Francia d'Estrè nella fortezza. La principessa Maria rimase in palazzo, dove fu trattata con poco rispetto, e di là condotta in un convento di religiose, e postevi guardie armate. Il comandante s'impossessò del palazzo Ducale, che per ricchezza di addobbi, per preziosità di pitture, di sculture, ed altri insigni lavori, era giustamente risguardato come una delle maraviglie del suo tempo. Tutto andò a sacco, a ruba; e lo stesso avvenne nel resto dell'infelice città. Nè chiese, nè monasteri, nè case private andarono esenti dalla violenza militare e dalla rapina. Quindi non è a sorprendersi se venne smantellato e distrutto anche quel famoso palazzo, in cui il celebre Vittorino da Feltre avea informati nelle lettere e nella morale non solo i figli del Duca Francesco Gonzaga, ma tanti altri preclari giovani, che accorrevano da ogni parte d'Italia per profittare delle sue insigni lezioni. Era il palagio piantato presso a vaste praterie, ed un po' lungi dai luoghi abitati, perchè non vi fossero distrazioni. Il circondavano ombrosi passeggi interrotti ora da larghi bacini d'acque popolate di pesci, ora da fontane zampillanti. L'interno avea lunghissime gallerie ben ornate; v'erano sale e camere ariose e lucide, sulle cui pareti vedeansi dipinti varj garzoncelli in attitudini graziose e scherzevoli, secondo i differenti giuochi che rappresentavano; e fu appunto per questo, che acquistò il nome della Giojosa. Tutto in esso contribuiva a perfezionare il cuore, il corpo e lo spirito. Se furibondi soldati poterono distruggere un luogo tanto bello e rispettabile, non valsero però a cancellare la memoria del suo antico abitatore, nè gli effetti felici de' suoi insegnamenti, che, mediante i suoi discepoli, sparsero poscia per tutta l'Europa, la dottrina, il buon gusto, la religione e gli ornati costumi.

Il Duca vedendosi tradito da' sudditi, e perfino da' suoi congiunti, sui quali pur tanto fidava, risolse di rendere anche la fortezza, a condizione, ch'esso colla moglie, col figlio e col maresciallo d'Estrè fossero condotti in luogo di sicurezza, e che le truppe della Repubblica potessero andarsene liberamente. I Tedeschi, avendo acconsentito a tutto, presero possesso della fortezza, fecero scortare gl'illustri assediati da due compagnie di cavalleria sino a Melara nel Ferrarese, dove quest'infelice principe ricevette dalla Repubblica tutti i soccorsi necessarj al suo sostentamento.

Per buona sorte d'Italia, Cesare, distratto in Germania da maggiori cure, depose i pensieri guerreschi. La Spagna credendo di non poter da sè sola estendere le sue conquiste in Italia, e desiderando d'altronde di consolidarsi ne' dominj già acquistati, riguardò la pace come il mezzo più acconcio alle sue viste. Il Duca di Savoja, oppresso dalle sue sciagure, era morto da un colpo apopletico, ed il suo successore Vittorio Amadeo si dispose subito sinceramente alla pace. Il re di Francia sperando di trarre dal nuovo Duca di Savoja vantaggi molto maggiori, poco si curò più degl'interessi del Duca di Mantova, e desiderò anch'egli la pace. La Repubblica di Venezia, alla quale tanto avea costato questa guerra, sospirava di venire ad un accomodamento onorevole, particolarmente per poter estirpare affatto l'orribile peste, ch'erasi introdotta anche ne' suoi Stati di Terraferma, e che faceva orribile strazio de' suoi fedelissimi sudditi. Non fu dunque difficile convocare una Dieta a Ratisbona, e convenire sollecitamente sugli articoli della pace, in uno de' quali fu restituito ai Veneziani tutto il terreno da essi perduto in questa sventuratissima guerra; il che è una nuova prova della loro sagace politica nel trattar gli affari, essendo non di rado avvenuto, che sebben perdenti, ritraessero al momento della pace tali vantaggi, come se fossero stati vincitori. A ciò contribuiva pur anche l'opinion generale, che sussisteva tuttavia della loro forza. Nacque da questo doppio motivo, che trionfassero altresì nelle differenze insorte nel corso stesso di questa guerra; l'una colla corte di Roma, l'altra colla Spagna, le cui particolarità risparmieremo di raccontare per non deviar maggiormente dal nostro principale soggetto.

Il prospero fine di questi avvenimenti meritava certamente di venir celebrato in Venezia, come sempre usavasi di fare, con feste solenni; ma troppo generale era allora la tristezza per dar luogo a idee di solazzo. Il miasma pestilenziale erasi già introdotto nella Metropoli stessa. La filosofia, le scienze, e tutte le provvide cure del governo non avevano potuto impedire che questo terribile flagello non si dilatasse grandemente. Ad ottener ciò avrebbe bisognato il concorso unanime di tutte le potenze; ma queste non erano ancora abbastanza illuminate per potere, come si è fatto dopo, relegarlo in Oriente, dove sotto la tutela dell'ignoranza e della superstizione si conserva tuttavia, e sempre si riproduce. I nostri padri non avevano mai cessato di far il possibile per distruggere sì fatal malattia. Tutte le regole, tutti gli ordini, tutti i soccorsi d'ogni genere usati per la pestilenza, particolarmente del 1578, e per altre, furono anche in questo incontro puntualmente eseguiti, ottimamente disposti, ed opportunamente applicati. Anzi per quel lume che viene dalla trista esperienza, novelle previdenze si aggiunsero in tale occasione; ond'è, che il Codice Sanitario Veneto riuscì poscia sì compiuto, che meritò di venir preso a modello da tutte le più colte nazioni Europee. Ad onta di tutto questo, il mortifero crudelissimo veleno infettava ogni giorno un gran numero di persone. Lo spavento e la disperazione stavano dipinti sul volto di quelli, che non n'erano ancora tocchi.

Il Doge Nicolò Contarini ed il Senato, dopo lunghe preghiere e digiuni, risolsero di ricorrere all'intercessione di Maria Vergine, ed alle supliche aggiunsero il voto di erigere in suo onore un tempio col titolo della Madonna della Salute, obbligandosi di andar a visitarlo tosto che si avesse ricevuto il favore così vivamente implorato. Ed un altro voto pure aggiunsero; di rinovare ogni anno tal visita nel giorno della Purificazione di Maria Vergine.

La peste, che cominciato avea in luglio 1630, e che in sedici mesi avea distrutte nella sola città di Venezia circa 80,000 persone, e più di 600,000 nelle provincie, cessò nel mese di novembre 1631. Immediatamente il Governo si affrettò di adempiere alla solenne sua promessa. Fu scritto agli ambasciatori presso tutte le Corti (siccome si usava di fare ogni qual volta trattavasi della miglior scelta o di persona o di cosa), affinchè invitassero gli artisti più celebri di tutte le nazioni, a spedire i loro disegni o modelli per un Tempio grande e magnifico da erigersi sul Canal grande, vicino alla dogana di mare, e degno d'esser dedicato alla Madonna della Salute.

Ma la pietà del Senato non volle indugiar sino all'erezione del Tempio ad attestare solennemente la viva riconoscenza sua e dei Veneti per un sì segnalato beneficio. Dietro gli ordini emanati si vide, come per un prodigio, nel luogo stabilito innalzata in quattro giorni una Chiesa di legno atta a contenere un numero immenso di persone, e fu coperta di addobbi così sontuosi da non potersi valutare il prezzo. Fu piantato ad una certa altezza un altare, sopra il quale si collocò l'immagine di Maria Vergine. Apprestaronsi tutti i sedili per il Doge, la Signoria, gli Ambasciadori ed il Senato. E siccome per recarsi dal palazzo pubblico a quel sito conveniva attraversare il gran Canale, si fe' costruire un ponte artificiale, simile a quello che facevasi all'occasione della festa del Redentore, affidandone la cura ai nostri fidi ed esperti arsenalotti, che egregiamente si prestarono in questa e nelle successive occasioni… La piazza di San Marco venne ornata in maniera da vestire l'aspetto di un teatro magico. Le colonne, i porticati, le finestre, furono tutte guernite di tappeti dell'Oriente, di drapperie di ogni genere, di arazzi e bronzi dorati. Vedevansi in oltre sparse qua e là tele dei nostri più celebri pittori. Nel mezzo del porticato delle Procuratie nuove erasi eretto un palco per il Magistrato della Sanità, sopra cui risplendevano gli stemmi dei Patrizj che lo componevano; e questi contornati con una ricchezza mirabile. Nel mezzo eravi un superbo quadro, opera distinta di Bernardino Prudenti, rappresentante la Santissima Vergine, avente al suo lato San Marco ed il beato Lorenzo Giustinian, ed alla sua sinistra San Rocco e San Sebastiano tutti ginocchioni, in atto di supplicarla della sua efficace protezione nella nostra grandissima sciagura. Dalla porta principale della Chiesa di San Marco sino al ponte artificiale a San Moisè sul Canal grande stavano disposti tanti archi coperti di panno bianco, sotto i quali dovea passar la Processione. Nell'uscir dalla piazza uno di essi, più degli altri magnifico, portava pendenti festoni di lauro e pitture eccellenti. Uno di consimile ve n'era pure all'imboccatura della strada che conduceva al ponte, ed un altro alla testa d'esso ponte. Allorchè tutto fu in pronto pubblicossi il giorno della festa solenne, che fu per questa sola volta il 28 novembre.

Allo spuntar di questo giorno videsi con istupore universale, il Sole sì lucido come se fosse la bella stagione di primavera, benchè i giorni precedenti fossero stati oscurissimi per nebbia e per pioggia. All'ora di terza Sua Serenità, vestita nella sua maggior gala ed accompagnata dal suo augusto corteggio, discese dalla Chiesa di san Marco, dove trovavasi tutto il Senato. Prese egli il suo luogo, e tutti gli altri similmente. Il Magistrato di Sanità, ch'era al suo posto nella Piazza di san Marco, ordinò ad uno de suoi Comandadori d'annunziare ad alta voce al pubblico, che per l'intercessione della Santissima Vergine Maria, l'Onnipossente Iddio aveva accordato la grazia di liberar Venezia e tutte le provincie dal terribile flagello della peste. Questa tanto sospirata proclamazione, fu seguita da altissime grida di gioja della moltitudine, dal suono dei sacri bronzi, dal rimbombo dell'artiglieria, e dallo strepito delle trombe e de' tamburi. Poscia si celebrò nella Basilica di san Marco una Messa solenne con musica bellissima. Indi cominciossi la processione. Degno di ammirazione fu in essi lo sfarzo delle argenterie, e delle cere esposte dalle grandi Confraternite ed anche con debita proporzione dagli Ordini religiosi; ma più ammirabile apparve la divozione edificante di tutti i patrizj accorsi per mettersi spontanei nella processione colla loro torcia in mano. Un numero raguardevole di cittadini, mercadanti ed artisti, si posero essi pure nelle file; e la Plebe stessa accompagnò la religiosa cerimonia portandovi un cuore egualmente ripieno di gratitudine e di divozione. Cantossi nella nuova Chiesa il TeDeum, che venne ripetuto da ciascheduno coll'accento della maggiore sensibilità; indi tutti rientrarono nelle loro abitazioni.

In questo modo finì quel commovente spettacolo. Ma il Governo Veneto non poteva certo credere di aver fatto ogni cosa in quest'occasione. Malgrado le immense spese sostenute nella guerra di Mantova e ne' sedici mesi che durò il contagio, volle spargere in questo giorno molte largizioni ai poveri delle parocchie, agli ospitali e ad ogni ospizio bisognoso; ed offerse con ciò una bellissima lezione, che per adempiere ad ogni dovere della religione, non bastano le preghiere, le genuflessioni e i picchiamenti di petto, ma che fanno d'uopo sopra tutto gli atti di umiltà, di perdono e di beneficenza.

Poichè io quì scrivo piu per li forestieri, che per li miei cittadini, credo bene di aggiungere qualche parola sulla Chiesa votiva, affinchè non possa mai correr sospetto, che un Governo fedele alle sue promesse, magnifico in tutte le sue opere, possa essersi contentato della semplice Chiesa di legno, costrutta solamente per non ritardare la decretata funzione.

L'Architetto che meritò la preferenza fu un Veneziano, chiamato Baldassare Longhena. Fec'egli un lavoro così mirabile, sia per la pianta del Tempio, che per la cupola, per la facciata grande e magnifica, e per l'imponente aspetto dell'insieme, da far dimenticare gli errori del suo genio sregolato. Oltre la grande estensione di questa Chiesa, e l'abbondanza di marmi rari e preziosi, vi si ammirano e dentro e fuori un gran numero di statue dei migliori artisti di quel tempo. Io non entrerò in dettagli più minuti intorno a questo nobilissimo edificio. Molti accreditati autori, fra quali primeggiano l'illustre Ab. Moschini ed il sig. Quadri, ne parlarono da veri intendenti. Pure non saprei, come grande amatrice qual sono della Pittura, passar sotto silenzio i quadri che vi si trovano del Pittore della Natura, del nostro celebre Tiziano. Quivi pure, come nel Palazzo Barbarigo, ammiransi raccolte in uno tutto le gradazioni dell'arte sua; la sua gioventù, la sua virilità, la sua vecchiezza sempre vigorosa. Osserviamo in prima sulla porta della Sagrestia, quel San Marco seduto ad una certa altezza, avendo sotto di sè i Santi Sebastiano, Rocco, Cosimo e Damiano. Tu in esso scorgi lo studio dell'immitazione de' suoi maestri, sia nell'aria de' volti, che nel colorito; pure in quelle belle teste, particolarmente in quella di San Sebastiano, come anche nel panno bianco, che gli ricopre una parte del corpo, tu vedi lampeggiare il suo genio creatore. Ma innalza gli occhi alla volta. Non fremi tu alla vista del feroce Caino, che sta immolando l'innocente suo fratello Abele? E non ti senti vivamente commosso al sagrificio dell'obbidiente Isacco? Non godi tu stesso della Vittoria di Davide sul Gigante Goliath? Qual'espressione in tutte quelle fisonomie! qual verità, qual disegno in tutti que' corpi seminudi, in quelle mani, in que' piedi! E chi mai lo eguagliò in quella perfetta cognizione del sotto in su?... Quest'è il nostro Tiziano giunto al suo apogèo, al sublime dell'arte. Ora rientriamo nel Tempio. L'invenzione, la composizione, l'espressione, per così dire, inspirata d'ogni testa nel quadro della Missione dello Spirito Santo sopra gli Apostoli, ci fanno conoscere subito un'opera di lui; il colorito però c'indica, che la sua vista viene indebolendosi; senza neppur saperlo, potrebbesi quasi quasi indovinare ch'egli avesse allora settantaquattro anni. E qual altro pittore mai fuor di Tiziano, avrebbe potuto dipingere oltre i settanta anni que' quattro Evangelisti ed i quattro Dottori della Chiesa, che separati ciascuno in otto ovali, ci rapiscono, ed esaltano l'immaginazione anche degli stessi professori, per quei tratti franchi e sicuri? Arrestiamoci particolarmente su quel San Matteo, in cui al nostro pittore piacque di trasmetterci il proprio ritratto. Possa quest'immagine venerabile servir di modello al ritratto da esser posto sopra un monumento degno di sì grand'artista, già le tante volte progettato senza effetto, benchè sempre più desiderato!

Festa per il trionfo

SULLA LEGA DI CAMBRAY.

Ogni anima virtuosa e sensibile deve aver ammirato i nobili sforzi de' Veneziani e que' tratti veramente eroici del lor patriottismo, quando nel 1380, ridotti a contendere per le spiaggie di Malamocco, privi di ogni comunicazione colle Colonie, costretti a cedere all'Austria l'unica loro provincia del Continente, seppero nondimeno col coraggio e colla fermezza difendere la Capitale, vincere e fugare i loro implacabili nemici, che avevano provocata la guerra, formate alleanze, giurata la loro rovina, vo' dire i Genovesi. Fu quello il fine della memorabile lotta fra le due nazioni, il cui odio reciproco erasi manifestato per lo spazio di varii secoli con un accanimento inaudito. La Repubblica di Venezia ferma ne' principii, immutabile nel Governo, concorde ne' consigli, saggia nell'amministrazione, tranquilla in casa propria, potè riparare ben presto alle sue perdite, far uscire da' suoi porti nuove flotte per acquistar nuove ricchezze e possedimenti novelli sul mare, e mettersi in istato di dilatare il suo impero sul continente tostochè l'occasione favorevole fosse giunta.

Continue turbolenze e guerre desolavano la Lombardia per l'ambizione di que' signori che la tenevano divisa, senza che nessuno sapesse rendersene per intero sovrano. Essi invece tiranneggiavano i loro proprj Stati, e s'attiravano l'odio de' popoli in guisa, che nel 1388 non fu difficile ai Veneziani il riavere Treviso colle Castella del territorio, non meno che Feltre e Belluno. Così di guerra in guerra, di acquisto in acquisto passando, lo Stato Veneto in poco più di cent'anni pervenne ad essere il più potente di tutta Italia. Puossi porre verso la fine del XV secolo l'epoca del suo apogeo. Venezia possedeva allora sul continente ancora più di quanto teneva al momento della sua fatale catastrofe; e sul mare le costiere della Grecia e dell'Italia potevano essere riguardate come i sobborghi di Venezia, poichè dall'imboccatura del Pò sino all'estremità orientale del Mediterraneo, compreso Candia, Corfù ed il regno di Cipro, essa signoreggiava tutta il litorale. Le sue flotte numerose e bene armate percorrevano tutti i mari. Il suo arsenale passava per una delle maraviglie del mondo. Esso poteva dare cento navigli equipaggiati in tre mesi, e dugento al primo indizio di guerra. I suoi falegnami sapevano fare i vascelli con un'arte ignota alle altre nazioni. I suoi marinaj erano espertissimi e coraggiosissimi; essi si tenevano così superiori a tutt'i loro nemici, che una tal sicurezza valse a far loro riportare tante illustri vittorie. Il commercio che faceva in tutte le parti del mondo era floridissimo, e recava nuove ricchezze in un paese già ricco. I suoi porti erano sempre frequentati da innumerabili quantità di bastimenti mercantili, sì nazionali che forestieri. Il ridotto mercantile, o sia la piazza di Rialto, formicolava di mercadanti di tutte le nazioni. I fondachi, le dogane appena aveano spazio da contenere tante merci; cosicchè non è a credere che Tiro, o Cartagine, o Alessandria abbiano mai superato ciò ch'era allora Venezia. Le imposte delle decime, dei dazj, delle dogane, tuttochè assai modiche, procuravano al tesoro pubblico, anche dal solo circuito della città, una rendita maggiore di quella che molti re ritraevano dagl'interi loro regni. Doviziosa ed opulente, com'era la Repubblica, trovavasi in grado di dare alle sue truppe un maggiore stipendio di tutti gli altri principi, ed essa ne avea quante le piaceva di averne; il comandarle era il voto e l'ambizione de' più celebri capitani. Difatti condusse talvolta al suo soldo nomi splendidissimi, principi di gran valore, come quelli della casa di Brunswich, di Brandebourg, di Lorena, di Wirtemberg, di Waldek, e tanti altri, i quali dipender dovevano dai veneti provveditori al campo......... La sua artiglieria era di tutte la migliore e la più ammaestrata. Corrispondente alla ricchezza dello stato era l'opulenza de' particolari; e sol che diasi un'occhiata ai rimasugli dei nostri palagi, eretti per la maggior parte in quel secolo, converrà confessare, che in grandezza e magnificenza superavano quelli de' più grandi monarchi di allora. Quanta spesa, quanta maestà in que' marmi, in quelle colonne trasportate da tutte le parti del mondo! Aggiungansi tutti que' templi e monasteri eretti, siccome i palagi, nel medesimo secolo e al par di quelli ornati di pitture eccellenti, di musaici, di statue e d'altri oggetti rari e preziosi. In oltre tanti spedali e luoghi pii, ch'esercitavano perpetuamente la generosità de' cittadini a sollievo degl'infelici. Nè per tutto ciò venivan meno le ricchezze de' particolari; chè anzi del superfluo concorrevano spontanei, col premio d'un piccolo interesse, ad affidare alla cassa della zecca somme rilevanti, non avendo la pubblica fede mancato giammai. Le arti, che non sanno fiorire che in mezzo all'opulenza ed al superfluo, erano in Venezia nel maggior grado di splendore, mentre al di là delle Alpi si conoscevano appena di nome. Senza parlar delle conterie, drapperie e di tanti altri stupendi lavori, il vasellame d'argento era qui di un uso comune; esponevasi più pomposamente nelle occasioni solenni dei banchetti del Doge, e sulle flotte; ed un tanto sfoggio, incognito all'Europa prima della conquista del Messico e del Perù, svegliava l'ammirazione e gli applausi, ma talvolta anche l'invidia e la malignità degli stranieri, come ne fanno fede le storie. La squisitezza del gusto nelle manifatture e nelle galanterie, le rendevano accette e pregiate presso tutt'i popoli, cosicchè a quel tempo era Venezia in ciò riguardata come ora è Londra o Parigi. Difatti i forestieri vi concorrevano da ogni parte, non solo per esercitare i loro traffici, ma per godere insieme di tanti svariati piaceri, e della massima sicurezza; poichè la giustizia ch'esercitavasi indistintamente era celebrata in tutto il mondo, e fu la principal cagione, che molti popoli si sono spontaneamente sottoposti al dominio Veneto. Anche i letterati di ogni scienza e facoltà concorrevano qui in folla, sicuri di essere bene accolti e generosamente rimunerati, giacchè ben sapevano i nostri padri, che oltre il saggio governo, necessaria cosa è l'istruzione per formare buoni cittadini alla patria, e dare la superiorità ad una nazione sull'altra. La concordia civile era qui generale e stabilita negli animi di tutti. Essa derivava principalmente dalla forma del governo, che temperato nei modi migliori, e composto in guisa di armonia proporzionata, ha potuto durare per tanti secoli, senza sedizioni civili; senz'armi, senza sangue: lode della Repubblica nostra, e della quale non può gloriarsi nè Roma o Cartagine, nè Atene o Sparta. Il grand'amore de' sudditi era nutrito dall'esperienza della propria felicità; tutti la consideravano come l'effetto non solo delle buone e semplici leggi, ma ancora più, dell'esser queste esattamente amministrate da uomini prodi e illuminati...... ognuno de' quali serviva gratuitamente lo stato per vero patriottismo ed amore del pubblico bene; e solo talvolta, dopo i maggiori sacrifizj della persona e del privato erario, l'esausta famiglia ricercava alla patria qualche onesto compenso. Di ciò se n'ebbe prova convincente allorchè, caduta la Repubblica, si videro le primarie famiglie ridotte a duro passo per avere sino a quell'epoca servito la patria in ambascerie e governi esteri, senza essere più a tempo di venire dalla patria risarciti. Questo sì nobile disinteresse era conosciuto ed ammirato dal popolo, il quale gloriavasi di appartenere a tali governatori, a tal governo; e nuova forza aggiungeva al suo convincimento l'opinione de' forestieri, che sulle opinioni nostre suole avere grandissima influenza. Gl'Inglesi pubblicavano allora, che se la Repubblica di Venezia non avesse in alcun luogo esistito, sarebbe convenuto fondarla, siccome modello della miglior legislazione, e come principal ornamento del mondo. Gli scrittori più accreditati non cessavano di esaltare il governo di Venezia come il migliore di tutti, e quello che più d'ogni altro meritava stima e venerazione. Era divenuta moda lo scrivere sopra la sua costituzione; il conoscerne ed ammirarne le leggi era un conciliarsi gran vanto. Queste leggi furono sempre immutabili; la costituzione non mai si cangiò; ma ben si cangiarono i tempi e la fortuna; quindi la moda che segue sempre gli eventi, adesso torse altrove il volo; di rado essa è nobile e giusta.

In situazione sì ridente la Repubblica non dovea temer più nulla, nemmeno da' suoi vicini. Non dal papa, avendo essa avuto la massima parte nell'elezione di Giulio II al pontificato; ed egli stesso l'aveva assicurata della sua viva riconoscenza, aggiuntavi anche la promessa solenne di volerle esser sempre favorevole. Essa in oltre sapeva, che il progetto favorito del papa era quello di scacciar dall'Italia tutt'i barbari; sotto il qual nome chiamavansi tutt'i forestieri che la volevano signoreggiare. La nostra sicurezza dovea pur anche fondarsi sull'essere la Repubblica da gran tempo legata in amicizia con Luigi XII re di Francia, per il quale avea preso le armi, molto contribuendo al suo ingrandimento in Italia. Il re di Spagna dovea essere contento d'avanzo de' possessi ultimamente acquistati nel regno di Napoli, per non dar motivo d'apprensione alla Repubblica. Essa dunque non poteva temere tutto al più, che dell'imperatore, al quale ricusato avea più volte di stringersi in alleanza, onde ajutare il nemico; ma egli era troppo debole per cimentarsi in una guerra contro tali forze unite. Per una medesima ragione essa ancor meno avea a temere dei principi di secondo rango; cosicchè era ragionevole che si avesse a credere quieta e sicura.

Pure Giulio II fu il primo che tentò di turbare la di lei tranquillità. Poco dopo il suo innalzamento alla Tiara, dimenticando ogni promessa, manifestò le sue pretensioni sopra alcune Provincie della Romagna, che già da qualche tempo eransi dedicate alla Repubblica, e a ritener le quali egli stesso quand'era Cardinale aveva animato i Veneziani. Di più; anche dopo la sua assunzione al papato gliele avea di buon grado accordate. La mediazione del re di Francia, e quella ancora dell'imperatore fece cessare questa volta ogni differenza.

Ma un turbine assai più minaccevole sollevossi nel 1507. L'imperator Massimiliano avea deliberato di recarsi in Italia con forte armata, sotto pretesto di andare a Roma per farsi incoronare; ma in effetto per vendicarsi di Luigi XII, del quale diceva avere molto da lagnarsi, ed anche nella speranza di discacciarlo dall'Italia, malgrado la pace segnata, e l'alleanza ultimamente conclusa con essolui. Da molto tempo già Massimiliano vagheggiava di acquistare dominj in Italia, dove egli nulla possedeva, e dove un pollice di terra vale assai più che varie provincie altrove. Per mandare ad effetto questo disegno, uopo gli era del concorso de' Veneziani. Pertanto spedì ambasciatori a Venezia, chiedendo il passaggio per sè e le sue truppe per gli stati della Repubblica, non avendo altra strada onde recarsi a Roma, e promettendo di non portarvi nessun pregiudizio. Fece in oltre proporre di nuovo ai Veneziani un'alleanza offensiva contro Luigi XII. Fece vedere non esservi nè fede, nè perseveranza nella nazione Francese, e che per conseguenza la Repubblica non poteva attendere da essa nè soccorso, nè favore; che al contrario, se la Repubblica volesse condiscendere a stringersi in lega con lui, egli le conserverebbe sempre la sua amicizia, e dividerebbe con essa gli stati che Luigi possedeva in Italia. Che se poi essa volesse perseverare nella sua alleanza colla Francia, egli si unirebbe colla Francia contro di essa.

Mentre stavasi deliberando sulla risposta da darsi a Massimiliano, giunsero a Venezia ambasciatori di Luigi XII per sollecitare il senato a perseverare nell'alleanza con esso, e a non consentir giammai a veruna delle ricerche dell'imperatore. Aggiunsero che in caso contrario, il re Cristianissimo sarebbe in necessità di passare i monti con forze imponenti, e che lo stato della Repubblica diverrebbe il teatro della guerra la più sanguinosa.

Ecco l'affare della massima importanza, sopra il quale il Senato dovea deliberare. Molte sessioni si tennero prima di concertar le risposte. Conveniva scegliere per nemico o un imperatore od un re; la neutralità non poteva più aver luogo, dopo le proposizioni dell'uno e dell'altro principe. Disputossi lungamente; ogni risoluzione era egualmente pericolosa. In fine si deliberò di rispondere agli ambasciatori di Massimiliano, che, se l'imperatore volesse passar solo senza un'armata per gli Stati Veneti, la Repubblica di Venezia, non solo gli accorderebbe il passaggio, ma gli spedirebbe ambasciatori a complimentarlo ed accompagnarlo con tutti quegli onori che gli si competevano; ma che, se volesse entrare colle truppe, la Repubblica non poteva acconsentirvi, per non apparire infedele verso il suo alleato Luigi XII. Nel tempo stesso rispose al re di Francia, che la ferma volontà della Repubblica era di assicurarlo che nel caso, che Massimiliano volesse dichiarargli la guerra, le forze dello Stato Veneto sarebbero, come in passato, dirette interamente alla difesa del re Cristianissimo.

L'imperatore che tenevasi ben certo, che la Repubblica accetterebbe le sue offerte, fu per tal rifiuto vivamente offeso, e cercò motivo di dichiararle la guerra; ma questa guerra fu fatta a così grave di lui danno, ch'egli chiese una tregua, la quale fu sollecitamente segnata. Il riposo però delle armi non era sufficiente per riconciliare i cuori; e la Francia approfittò di quel momento per determinar l'Austria ad entrar nella lega di tutt'i principi cristiani contro la Repubblica di Venezia. Nulla di meglio poteva allora desiderare Massimiliano, poichè una tale impresa poteva vendicarlo solennemente, ed essere pur anche sorgente di lauri e di lucro. Ma come poteva fare poichè l'ultima tregua segnata con i Veneziani sussisteva tuttavia...

Tutti gli storici si estendono su questo punto di storia veramente singolare; a me basterà il dire, essersi adoperato per iscusa, che per poter andare contro il Turco conveniva far guerra ai Veneziani; come se i Veneziani impedissero così bella risoluzione, e non fossero al contrario sempre stati, colle loro imprese, il solo antemurale della cristianità. Nel proemio della convenzione fra Cesare e Luigi, venne rappresentato in modo assai patetico ed edificante il desiderio comune di cominciar la guerra contro i nemici del nome di Cristo; ma che impediva l'esecuzione, l'avere i Veneziani occupate ambiziosamente le terre della Chiesa; che per procedere tutti unitamente a così santa e necessaria spedizione, facea d'uopo muover ad essi guerra; tanto più che il Papa stesso chiedeva con una bolla all'imperatore di venir in soccorso della Chiesa per ricuperare il suo patrimonio; con che Cesare avea una giusta ragione di non più osservare la tregua fatta colla Repubblica, ma anzi trovavasi costretto di prestarsi alla guerra con tutte le sue forze. In questo modo adunque, cangiate le parole, come se ciò bastasse a tramutar la sostanza dei fatti, venne da tutti i principi cristiani segnata la lega a Cambray li 10 decembre 1508. Nel tempo stesso sottoscrissero la divisione fra loro di tutto lo stato Veneto, appropriandosi ciascuno la porzione che meglio conveniva; e per ciò il Papa riteneva per sè Faenza, Rimini, Ravenna e Cervia; Massimiliano, Padova, Vicenza, Verona, Treviso ed il Friuli; Luigi XII, Cremona, Giara d'Adda, Brescia, Bergamo e Crema; infine il re Ferdinando tutt'i porti e le terre che i Veneziani possedevano nel regno di Napoli.

La Repubblica non ignorava già questa lega: ma essa non poteva certo concepire giammai il sospetto, che la sola invidia, che i principi portavano alla sua prosperità, potesse esser cagione che si unissero in alleanza per distruggerla. Pure quest'è uno de' gran rimproveri che si dà al Governo di Venezia, parendo imperdonabile tanta imprevidenza; ma bisogna però confessare, che per prevedere il disastro, era d'uopo superare tutti i calcoli della sagacità umana, non contar per nulla i giuramenti e la fede data col mezzo de' trattati, e non intendere i veri interessi di tutte le potenze. Cominciando dalla Francia, come mai potevasi immaginare, che Luigi XII avesse a rivolgere le armi contro Venezia, ed unirsi al suo nemico perpetuo affine di distruggerla? Era egli animato da un sentimento di vendetta? Non già, poichè essa avea sempre cooperato a suo vantaggio. Poteva egli temere per sè stesso? Nemmeno, poichè aveva l'esperienza de' soccorsi utilissimi da' Veneziani recatigli. Poteva egli credere, che la grandezza di Massimiliano fosse per essere più confacente ai suoi interessi, che quella della Repubblica? Meno ancora, poichè la potenza di Cesare doveva essergli odiosa e sospetta, il che non dovea avvenire di quella de' Veneziani. E quanto all'imperatore, è ben vero, ch'egli non avea tante obbligazioni con la Repubblica, ma l'interesse proprio dovea consigliarlo altrimenti. Come mai poteva egli promettersi un'amicizia vera da Luigi, dopo che questo avea apertamente manifestato il suo odio e i suoi disegni ostili contro la dignità dell'impero, e la libertà della Germania? Non doveva egli piuttosto opporre tutte le sue forze all'ingrandimento di Luigi e della Francia? Della Spagna, che diremo? Tutte le ragioni volevano che quel re ponesse ogni studio nell'impedire la preponderanza dei Francesi in Italia, onde preservar da pericoli i suoi nuovi dominj nel regno di Napoli; nè mente umana potea pensare, che nell'accedere ad una strana confederazione, macchinasse quel principe la rovina propria. E qual giudizio doveasi formare di papa Giulio II? Chi poteva credere che per l'esca del riacquisto d'alcuni paesi della Romagna, dimenticasse tutto ciò che la Repubblica avea fatto in favor della Chiesa e della cristianità, opponendo le proprie sue forze, ora contro i Saraceni, ora contro gli Unni, e da ultimo operando in guisa, che gli Ottomani, sì vaghi di soggiogare l'Italia, rimanessero per essa sola ne' loro voti delusi? E come mai non riconobbe, che, caduto il Veneto antemurale, l'Italia tutta verrebbe interamente ingojata dalle armi forestiere, quali ch'esse si fossero? Tutto ciò fu in lui tal errore, da non potersi prevedere giammai.

A questi ragionamenti conviene anche aggiungere, che niun ambasciatore Veneto presso le corti forestiere avea concepito il menomo sospetto di quanto si tramava a Cambray; tanto era secreto il maneggio. A Parigi il re stesso aveva più volte protestato all'ambasciator Veneto, ch'esso giammai si sarebbe allontanato dall'amicizia de' Veneziani. Ed il cardinal d'Amboise, allora primo ministro, anzi despoto della Francia, avea replicatamente giurato al nostro ambasciatore, che la lega non avea niente che fare colla Repubblica, e che il solo scopo del congresso era di terminare le differenze fra il re di Spagna e il duca di Gueldria alleato della Francia. Questo cardinale ardeva di brama di vendicarsi de' Veneziani, per lo favore ch'essi avevano prestato all'elezione di Giulio II in pontefice, quando egli pure aspirava al triregno; ed è per ciò, che volle trarli nell'inganno. E per meglio velar la cosa, erasi egli stesso recato a Cambray, ed aveva sottoscritto l'uno e l'altro accordo nel giorno medesimo, l'uno pubblico, l'altro custodito sotto il più rigoroso segreto.

Ciancino dunque a lor voglia i detrattori del Governo Veneto; ma chi è imparziale confesserà, che non solo il Senato, ma li più profondi politici di tutte le nazioni e di ogni tempo potevano con questi ragionamenti venir presi alla rete.

Un accidente fu quello che scoprì finalmente l'arcano. Il Residente di Venezia a Milano, Jacopo Caroldo, scrisse al Senato di aver udito dire da un Piemontese nativo di Carmagnola, ed uomo di gran credito, ch'egli sperava di vedere ben presto vendicata la morte di uno de' suoi più illustri compatriotti sopra quegli scellerati che lo avevano fatto ingiustamente perire. Con che costui voleva alludere alla morte data dai Veneziani al general Carmagnola, forse al più con severità repubblicana, non certo con ingiustizia. Questo dispaccio apri gli occhi al Senato, nè lasciò più dubbio alcuno sulla vera cagione della lega, e se ne conobbe tutta l'importanza. Forse avrebbesi potuto disciorla accettando le offerte di Giulio II, il quale desiderando di ricuperare, senza pericolo, le piazze della Romagna, fece col mezzo dell'ambasciatore Veneto a Roma, proporre al Senato, ch'ei non solo si ritirerebbe dalla lega, ma che in oltre si maneggierebbe per farla svanire, quando gli fossero restituite le città molte volte reclamate. Il Senato ricusò tali esibizioni, e credette disonorarsi meno offerendo a Cesare una riconciliazione; ma Massimiliano ricercò tali sacrifizj, che parve al Governo compromettersi ancora più la pubblica dignità coll'accordarli. Allora l'imperatore pubblicò il manifesto della lega di Cambray.

La Repubblica ben conobbe, che altro non poteva fare, che prepararsi alla guerra, e ad una guerra assai seria contro tanti e tali nemici. Si raccolsero il più presto possibile 30,000 uomini d'infanteria, e 15,000 di cavalleria. Ne fu dato il comando a Nicola Orsini conte di Petigliano, uomo di età matura, di saggio consiglio e di molta esperienza. L'Alviano che avea trionfato nella precedente guerra contro i Tedeschi, fu eletto luogotenente generale. Vi si aggiunsero, secondo l'uso, due provveditori, Giorgio Corner e Andrea Gritti, che in simili occasioni aveano dato prove di zelo e di prudenza. Vennero approvvigionate tutte le città della Terraferma, e si pensò sopra tutto di ben provvedere il pubblico tesoro. Fu il primo il Doge Lorenzo Loredan a deporvi una grossa somma sua propria. Scorti da sì bell'esempio, i nobili ed i ricchi fecero altrettanto; gli altri cittadini offrirono il loro servigio per la preservazione dello Stato; e queste obblazioni spontanee e veramente patriottiche inspirarono in ciascheduno le più dolci speranze.

Allorchè ogni cosa fu in pronto, si raccolse il Senato per deliberare sulla condotta da tenersi in questa guerra. Già non ignorava più, che il re di Francia, ormai potentissimo in Italia, vi si recava col miglior nerbo della sua armata; e ciò che rendeva il pericolo maggiore si era, che i suoi dominj confinavano con quelli della Repubblica. Le forze di Massimiliano erano aumentate per l'opinione invalsa, ch'ei dovesse rimettere l'impero nel suo antico lustro, e far buona preda in Italia; onde a lui era concorso un gran numero di gente, e varii principi della Germania. Il re di Spagna, col suo imponente apparato navale, recava una diversione alle forze terrestri della Repubblica, che aveva a difendersi contro gli assalti marittimi. L'autorità del papa, e le sue armi spirituali rendevano più pungenti e dannose le sue armi temporali. I principi di un rango inferiore erano entrati anch'essi con tutto il coraggio e l'ardore in questa lega, per l'invidia e l'odio che portavano alla Repubblica. Per resistere a tante forze, e conservare non solo lo stato ma l'armata, conveniva seguire il mezzo sempre usato dal partito debole; quello cioè di tenersi soltanto sulla difesa, e di trarre in lungo la guerra, attraversando tutt'i disegni del nemico, e scansando sempre di venire a battaglia. A quest'effetto, il Senato ordinò ai suoi comandanti, di condur subito l'armata ai confini dello stato, e prescrisse loro di non venir mai alle mani co' nemici, senza fondate speranze di riuscita, o senza un'urgente necessità.

La Francia aveva già cominciate le ostilità prima di dichiararsi nemica, e prima che le truppe Venete si fossero unite a Ponte Vico. Una sua armata prese la Terra di Trevi, ed un'altra quella di Casal Maggiore; poscia si ritirarono a Milano per aspettarvi l'arrivo del Re.

Allorchè egli vi giunse, spedì immediatamente a Venezia un Araldo, il quale, introdotto che fu dinanzi al Doge ed al Collegio, dichiarò a nome del suo Re guerra alla Repubblica, producendo ragioni più fine ed astute, che giuste e vere. Si credette essere di maggior decoro della Repubblica il non entrare in giustificazioni nè dispute con chi l'avea già attaccata colle armi; ma fu risposto dal Doge con brevissime e dignitose parole: che, poichè il Re di Francia aveva deliberato di muover guerra ai Veneziani nel momento appunto che questi si giudicavano meglio sostenuti da esso, per la ragione di quell'alleanza che essi non avevano mai violata, e che anzi per non separarsi da lui si erano provocata contro di loro l'inimicizia del Re de' Romani, essi attenderebbero a difendersi, sperando di poterlo fare colle loro proprie forze accompagnate dalla giustizia della loro causa.

Quando Giulio II seppe l'arrivo del re di Francia, e i primi vantaggi riportati dagli alleati, ordinò egli pure la marcia delle sue truppe comandate dal duca di Urbino; e, ciò che fu peggio, spedì a Venezia un monitorio in forma di bolla, colla quale anatematizzava tutto lo Stato della Repubblica, ed anche tutti que' luoghi, dove fosse stato per rifuggirsi qualche Veneziano. Nè di ciò pago, animò tutt'i popoli a perseguitare a morte i Veneti; o almeno a farli schiavi, e ad impadronirsi de' loro beni, come nemici del nome cristiano. La Repubblica vide in tutto ciò le passioni umane, non già la volontà divina. Si regolò in questa occasione come fatto aveva in tutte le altre; cioè ricusò di riconoscere il monitorio, e proibì che fosse pubblicato in Venezia. Indi in nome del Doge e del Senato venne affisso su tutte le porte delle chiese di Roma, un atto di appellazione al futuro Concilio, dipingendovi con colori assai vivi l'acerba condotta del Papa, la perfidia francese, affine di attrarre loro adosso il dispregio e l'odio universale; aggiungendo, che in difetto della giustizia umana la otterrebbero da Cristo giustissimo Giudice, e Principe supremo di tutti.

Frattanto l'armata Veneta avea marciato sino al fiume Adda. Il comandante Pitigliano vedeva con pena la terra di Trevi, che dava ingresso agli stati della Repubblica, nelle mani dei Francesi; ed avendo osservato, che i nemici erano ancora accampati presso Milano, credette il momento favorevole per andare a ricuparar Trevi. Raccolse il consiglio di guerra. Tutti concorsero nella stessa opinione, fuorchè l'Alviano che si oppose dicendo, che invece di perder il tempo nell'assedio di una piccola piazza, era assai meglio passar l'Adda, attaccare il campo francese gettandovi lo spavento ed il terrore con azioni vive e ben sostenute. Ma gli ordini del Senato erano precisi; non doveasi nulla arrischiare. Conveniva dunque contentarsi di ricuperar Trevi. Avuto il consenso del Senato, si fecero tosto marciar le truppe. La buona riuscita coronò l'impresa.

Luigi fu estremamente punto di questa perdita, ne giurò alta vendetta, e fece immediatamente disporre l'esercito per la marcia. Il Senato avea già preveduto il colpo, ed appunto per ciò avea saggiamente ordinato a' suoi capitani di seguir l'esempio della Repubblica Romana, allorchè venne attaccata da potentissime forze cartaginesi. Ma sventuratamente la nostra non ebbe nel general d'Alviano un Fabio Massimo, che sapesse battersi e ritirarsi a norma delle circostanze; e non lo trovò neppure nel Pitigliano, che ricusò (a quanto dicesi comunemente) di soccorrere il d'Alviano per aver questo combattuto contro gli ordini di lui, là dove l'antico comandante corse ad ajutare Quinto Minucio che commesso avea una simile colpa. Che che ne sia, i due eserciti nemici si erano avvicinati a tal punto, che il d'Alviano sentitosi svegliare in sè medesimo quel suo bollente valor militare, e vedutosi in luogo che gli parve non solo opportuno, ma necessario il venire a battaglia, deliberò tosto di far marciare innanzi la sua infanteria; e seguito da alcuni pezzi di artiglieria, attaccò i nemici con tal furore, che li costrinse per quel momento a piegarsi. Ma l'armata francese, ricevuto un rinforzo, e vedendosi in presenza del proprio re, ripigliò ben presto animo e forza. Combattevasi molto ferocemente, e con somma virtù d'ambe le parti; ma in fine dopo tre ore circa di continua strage, danneggiati grandemente i Veneziani dalla cavalleria nemica, e non potendo i loro fanti fermare il piede sopra un terreno dalla gran pioggia divenuto lubrico, e soprattuto mancando loro i soccorsi, cominciarono a combattere con grande svantaggio. Nondimeno, resistendo con rara virtù (tutto che avessero perduta ogni speranza di vincere) più per la gloria che per la salute, resero per alquanto spazio di tempo dubbia la vittoria de' Francesi. Ultimamente poi, perdute prima le forze che il valore, senza mostrar le spalle agl'inimici, come dice il Guicciardini, lasciarono sul luogo un gran numero di morti. Per la qual resistenza tanto valorosa di una parte sola dell'esercito, fu opinione di molti, che se il Pitigliano foss'entrato con i suoi nella battaglia, avrebbero i Veneziani ottenuta la vittoria. Invece vi perirono, a quanto dicesi, ottomila uomini, e il rimanente della truppa fu messo in piena fuga. Bartolommeo d'Alviano rimase prigioniero; e perduto un occhio, e col volto tutto percosso e livido, fu condotto al padiglione del re di Francia. Il Pitigliano andò a ritirarsi a Caravaggio. Questa fu quella fatalissima giornata del 15 maggio 1509, conosciuta generalmente col nome di battaglia di Ghiara d'Adda.

Non potrebbesi immaginare, non che descrivere, quale fosse la sorpresa, il dolore, la costernazione di tutti i Veneziani, allorchè pervenne ad essi la nuova di tanto disastro; tanto più ch'erano assuefatti a riportar quasi sempre la vittoria in tutte le guerre. Considerava in oltre il Governo, non avere altri capitani, nè altra gente per difendersi, e che quelle che avanzavano, erano spogliate di forze e d'animo. Vedevano il re di Francia con esercito potentissimo, e reso più ardente dalla vittoria, seguitare il corso della fortuna; e se a lui non avevano potuto resistere, che sarebbe mai addivenuto se univasi pur anche l'esercito di Cesare, che già sapevasi avvicinato ai confini? Mostravansi da ogni parte pericoli, desolazioni, e pochissimi indizj di qual si sia speranza. Non deposero tuttavia i Veneziani il pensiero di difendersi, attendendo a far provvisione di danaro, assoldando nuova gente per terra, ed accrescendo di cinquanta galere l'armata navale. Ma preveniva tutt'i consigli la celerità del re di Francia, innanzi al quale schiudevansi le porte di tutte le città. La sola fortezza di Peschiera erasi opposta al suo ingresso; egli la prese di assalto, e volle vendicarsi della resistenza, facendo vilmente impiccare il valoroso comandante Andrea da Riva nobile Veneto col di lui figlio su i merli della fortezza, e passando a fil di spada tutta la guarnigione: crudeltà a cui s'indusse, acciocchè le altre città spaventate da quest'esempio non si difendessero sino all'ultimo sangue. Di fatti Verona, per timor di un simile gastigo, ricusò di ricevere il Pitigliano, che fu costretto a ritirarsi con i miserabili resti della sua armata vicino a Mestre sul margine delle lagune; ed il re di Francia, in meno di 20 giorni, acquistò (fuorchè Cremona) ancora più di quanto gli apparteneva per la divisione fatta in Cambray.

Da ogni parte piombavano allora le sciagure su i Veneti. I Tedeschi avevano racquistato il Friuli; il Papa ripigliate varie città della Romagna; il duca di Ferrara fatta la conquista del Polesine: il marchese di Mantova ricuperate Asola e Lonato; e sino il vescovo di Trento discacciate le guarnigioni venete, che si trovavano ne' castelli del Trentino. In una parola la Repubblica pareva essere ai suoi ultimi respiri. I cittadini si trovavano nell'estrema confusione; non erano già le grida della disperazione, nè le lagrime del dolore; era un tetro silenzio, un abbattimento generale; guardavasi l'un l'altro senza osare di articolar parola; tutti parevano di sasso. Non più fondachi aperti; nè più Tribunali di giustizia: le sole Chiese erano piene di gente; nè certo rimaneva altra speranza che nel Cielo. Che cosa mai fare in tal frangente? Ciò che fanno i bravi capitani di vascello, allorchè conoscono di non poter più resistere alla forza della burrasca, e veggono la nave in procinto di perire pel peso del carico; essi gettano in mare la maggior parte delle mercanzie, ed il vascello per tal modo alleggerito, giugne sano e salvo in porto, avendo conservato la vita dei navigatori, ed il resto pur anche delle ricchezze. Fu gran prudenza de' nostri dopo tanta rovina, il far getto di tutto ciò che già stavano per perdere, onde conservare il maggiore di tutt'i beni, la propria indipendenza. A tale oggetto, il Senato spedì ambasciatori a Cesare per offrirgli Verona, Vicenza, Padova coi loro territorj, e il Friuli colla Marca Trevisana, purchè si separasse dall'alleanza colla Francia: offrì pure al re di Spagna le Piazze della Puglia; e pregò il Papa di accettare tutte le città della Romagna, e di volersi far mediatore della pace con tutt'i principi Cristiani, cominciando egli stesso dal far cessare le persecuzioni contro i Veneziani ritirando le sue Bolle. In quanto a Luigi XII la Repubblica sdegnò di umiliarglisi con preghiere, non potendo ormai più considerarlo che come un traditore, il quale calpestava i più sacri giuramenti e i doveri della riconoscenza. Indi passò il Senato a formare quel celebre decreto, per il quale la Repubblica assolveva dal giuramento di fedeltà tutt'i sudditi, autorizzava le provincie della Terraferma a trattare col nemico secondo i loro particolari interessi, affrancandole di tutt'i loro debiti verso il governo, ed ordinando in fine ai suoi comandanti di evacuar le poche piazze ch'essi ancora custodivano.

Quasi tutti gli storici abbandonano qui il filo della storia, per fare le loro osservazioni sopra questi avvenimenti. Hanno essi procurato di calunniare la Repubblica Veneta, dicendo, che, posciachè per la perdita di una battaglia fu spogliata de' suoi dominj in Terraferma, essa non aveva solida virtù, nè forza bastante per reggere un'impero; che più per una certa opinione ed apparenza, che per eccellenza di leggi, di consigli e di reale possanza, erasi accresciuta e sostenuta sino allora in grandezza; e che le sue disgrazie pubbliche avevano finalmente scoperte tutte le imperfezioni del suo governo. Osarono insino accusarla di viltà per tutte le deliberazioni prese dopo la fatal giornata dei 14.

Qui è dove per giudicar rettamente conviene instituire un imparzial esame su tutte le circostanze. In primo luogo, che di meglio far poteva la Repubblica, allorchè il fulmine di guerra fece sentire sopra di essa il fragore e 'l danno tutto in un punto? Come poteva essa con possessi non abbastanza estesi, nè uniti sul Continente, raccogliere ad un tratto, ordinare, porre in azione le forze necessarie a frenar un torrente sì rapido e devastatore, che minacciava di tutto inghiottire? A chi ricorrere? Di chi fidarsi? Essa però in nulla cesse, non palesò esternamente nessun timore, ma preparossi ad una difesa degna di lei, del suo nome, della sua alta riputazione. Non fu allora mirabile l'unione de' cittadini, il consenso totale del popolo, l'ardor generale di correre all'armi? A Ghiara d'Adda, per confessione degli stessi storici nemici, i Veneziani si sono battuti con una forza ed un coraggio, da rendere per qualche tempo la vittoria incerta. Convenne alfine cedere alla superiorità del numero. Ma da quando in qua l'infelice riuscita di una battaglia, unendo pur anche tutte le sue funeste conseguenze, servirà di norma per decidere della virtù, dei consigli, della saggezza di un governo? Questa sarebbe una misura ingiusta anche presso que' governi, pei quali l'onor nazionale è riposto particolarmente nella gloria delle armi, e dove una battaglia perduta è macchia tale da indebolire la forza generale; e molto più sarebbe una misura ingiusta riguardo alla Repubblica di Venezia, che non avea per comandanti delle truppe, che forastieri, e dove lo scopo degli eserciti era quello di preservare intatta la indipendenza nostra più colla perseveranza, che col valor militare. In confronto a tanto bene, che importano le battaglie e le città perdute, mentre già avevamo giurato, ed eravamo pronti di seppellirci sotto le rovine della patria, piuttosto che sottometterci ad un giogo straniero? Fu dunque vera sagacità che ci consigliò di lasciar passare la burrasca, senza nulla opporre; e fu anche effetto di prudenza e di umanità la deliberazione presa inverso i sudditi, affine di preservarli dal saccheggio, se si conservavano fedeli alla Repubblica, o dalla macchia di ribelli, se per necessità si fossero dati senza opposizione ai nemici. Oltre ciò, così operando, al caso di un propizio mutamento di sorte, era certo, che i popoli sarebbero rientrati spontanei sotto l'obbedienza dei loro antichi padroni, dai quali nulla avevano a temere. Ma ciò, in che si fondano le accuse maggiori di bassezza e di viltà, egli è quell'essere ricorso il Senato a' suoi nemici per trattare un accordo. Furono vergognosamente alcuni Italiani i primi ad immaginare e a pubblicare un discorso, sotto il nome di Antonio Giustiniani, nel quale rappresentano i Veneziani umiliati e striscianti si ai piedi di Cesare, per implorare il perdono, esibendo perfino di sottomettere la Repubblica al suo impero. Di tanta viltà potevano mai esser capaci i discendenti di quegli eroi, che combattuto avevano sì gloriosamente anche nelle proprie lagune, e contro Pipino, e contro gli Unni, e contro i Genovesi, senza aver mai perduto il coraggio, ed avendo di tutti trionfato? Poco ci vorrebbe a smentire la nera calunnia, quand'anche non l'avesse smentita il fatto. È vero ch'essi mandarono ambasciatori a Cesare, che trovavasi a Trento, per trattar di accomodamento; ma Antonio Giustiniani colà spedito a quest'oggetto, non venne mai ammesso all'udienza dell'Imperatore. Indi basta esaminare la situazione della Repubblica a quel punto per convincersi, che ordini così disperati non poteva dare il Senato al suo ministro. Essa aveva perduto, è vero, quasi tutti i suoi stati di Terraferma, ma conservava intatti i possessi marittimi, che non consistevano già in alcune città, ma in provincie molto estese ed in ricchissimi regni. Il suo apparecchio navale, infinitamente superiore a quello di ogni altra potenza, era ancora sano ed intero, senz'aver sofferto il menomo tocco del fulmine della guerra. La sua artiglieria, e gli attrezzi guerreschi erano in buonissimo stato e abbondantissimi. Il tesoro pubblico non era scemato di molto, essendo ancora le guerra ne' suoi principj. La capitale sì per la sua meravigliosa posizione, che per lo stato di difesa in cui era stata posta, rendea vana ogni speranza a' nemici sopra di essa. Il suo popolo era tranquillo, e subordinatissimo al governo; i suoi magistrati disposti a dare le maggiori prove di virtù, e del più ardente amore di patria. È egli mai possibile, che in tale stato di cose la Repubblica prendesse un partito sì vile e sì intempestivo, qual si era quello di rinunciare alla propria indipendenza, essa che, nata libera, avea saputo, con esempio unico, conservarsi intatta per la durata di tanti secoli? Oltre a ciò non c'insegnano le storie, che Venezia era grande, potente e rispettatissima dalle altre nazioni, in que' tempi medesimi ne' quali nulla possedeva in Terraferma? Non sappiamo, ch'essa più volte sdegnò d'ingrandirsi sul continente, credendo di essere più sicura e più potente con i soli suoi dominii marittimi? E quando un'occasione favorevole le si offerse di acquistare alcune città in Terraferma, prima di determinarvisi, quante dispute, quante opposizioni non insorsero nel senato? Qual causa dunque abbastanza ragionevole poteva indurla, dopo la fatal giornata, a darsi in mano di quello, dal quale nulla poteva temere ne' suoi naturali dominii? Bensì col cedere all'Imperatore alcune città, ch'essa già non poteva più difendere, si assicurava che non cadessero in potere di Luigi, che se le avrebbe per sempre ritenute siccome più forte allora di Massimiliano. Si aggiunga, che per i Veneziani era più utile, anzichè soggiacere ad un solo, il vedere le loro provincie divise fra i due principi, rimanendo luogo a sperare, che nascessero contese fra loro, e che quindi si aprisse un giorno qualche favorevole occasione alla Repubblica di ricuperare o in parte ciò che allora doveva per necessità rinunziare. Un tal consiglio, qual che siane stato l'esito, piuttosto che vigliacco, venne tenuto assai destro e prudente, e dai più fini politici molto ammirato.

Esaminiamo ora, se quell'antica virtù romana tanto decantata, abbia, in pari circostanze, superato la virtù veneziana, che vuolsi tanto deprimere. Allorchè Brenno trovavasi vittorioso alle porte di Roma, i magnanimi Romani che fecero? Niuno pensò alla difesa della patria, ma tutti. a salvar la vita e i loro effetti preziosi in Campidoglio. Le mura furono abbandonate, i soldati o fuggirono, o si diedero prigionieri, e le porte della città restarono aperte al nemico. Se il destino volle salvar Roma, ciò non fu certamente merito de' suoi difensori. Dopo la battaglia di Canne, quando Roma perdette il dominio di tutta l'Italia, qual non fu l'abbattimento, lo spavento, il disordine, l'abbandono in tutte le classi de' cittadini? Basta leggere ciò che dicono tutti gli storici, e particolarmente Tito Livio, per conoscere i terribili effetti della disperazione in un popolo avvezzo alla vittoria. Simile quadro di desolazione ci offrono que' feroci rivali de' Romani, i Cartaginesi, dopo la loro disfatta sul mare. Non solo essi offersero di cedere le isole della Sicilia e della Sardegna, ma di rendersi perfin tributarj del Senato e del popolo Romano. Ma lasciando gli esempj antichi, discendiamo a tempi più moderni, ed arrestiamoci particolarmente su quella nazione tanto ammirata pel suo valore e per la sua gloria militare; su quella nazione, che cercò sempre di abbassare tutte le altre, e che, singolarmente adesso, si sforza di avvilire il popolo Veneto, spacciando storie infedeli, statuti immaginarj, aneddoti infamatorj, sentenze tiranniche che per nulla somigliano alla verità. Vediamoli in Italia, al primo rovescio della fortuna, lasciarsi spogliare dagli Spagnuoli di tutt'i dominj acquistati nel regno di Napoli, senza opporre la menoma resistenza, e con tale precipizio, come se cedesse tante nobili città mediante un accordo col vincitore. Non minore fu il suo scoraggiamento allorchè gli Svizzeri riportarono la celebre vittoria di Novara, essa abbandonò tutti i suoi possedimenti in Lombardia, per ritirarsi oltre i monti. Lo spavento de' Francesi fu allora tale, che una possente armata giunta per soccorrerli, non fu capace di arrestarne la fuga. Lasciamo di parlare di un fatto più recente, in cui per la perdita di una battaglia, chiamarono il soccorso straniero sino dentro le porte della propria Capitale, non dovendo così che alla generosità del medesimo la loro esistenza civile e politica.

Per questi esempj, e per altri che sarebbe soverchio di addurre, puossi conoscere, che le avversità grandi e inattese possono disordinare per un momento gli spiriti più forti e più illuminati; e che allora quando o in una maniera o nell'altra si sono perdute le armate, che sono gl'istrumenti co' quali conservansi gli Stati, i consigli più sani non bastano per por argine e riparo alle sciagure. A torto dunque si accusa il Veneto Governo di pusillanimità pel contegno suo dopo l'infelice avvenimento di Ghiara d'Adda; le sue posteriori direzioni certo non partirono da menti deboli e costernate, ma diedero piuttosto a conoscere che buona dose di costanza e di retto senno tuttavia regnava nel petto dei padri nostri.

L'imperatore, come si disse, aveva ricusato di ricevere l'ambasciatore Veneto, e di trattare con esso senza il consentimento del re di Francia. Il Papa avea già risposto con alterezza, siccome quegli ch'era già in possesso di tutte le sue antiche città della Romagna. Il re di Francia, impadronitosi della Lombardia, aveva avuto la lealtà di mandare a Cesare quegli stessi deputati di Verona ch'erano venuti da lui per offrirgli le chiavi della città, e così pur fece con quelli di Vicenza e Padova. Massimiliano egualmente, dopo di esser fatto signor del Friuli, avea investito, secondo le condizioni seguite, il re di Francia del ducato di Milano. I cinque Porti del regno di Napoli erano stati restituiti alle truppe del re Ferdinando, di modo che non rimaneva più alla Repubblica, che due fortezze nel Friuli e la città di Treviso. Ma anche questa era in procinto di correre la medesima sorte delle altre, poichè le armate imperiali erano alle porte, ed un Commissario le avea già intimato la resa, quando improvvisamente un semplice calzolajo accompagnato da un piccolo numero de' suoi aderenti, presentossi sulla Piazza collo stendardo della Repubblica, e cominciò a gridare: Viva san Marco! Questo grido, che non ha mai mancato del suo effetto, esaltò il coraggio degli abitanti; ciascuno giurò fedeltà alla Repubblica, ed armossi alla difesa della città. Il Governo di Venezia, avvertito a tempo di questa buona disposizione, potè raccogliere e spedire un rinforzo; e Treviso fu liberata. Gli abitanti di Belluno imitarono coraggiosamente simile esempio, ed ottennero eguale riuscita.

Fu una vera consolazione il riconoscere l'attaccamento di que' popoli verso la Repubblica, e quindi si trasse augurio di migliori venture per l'avvenire. Frattanto il Senato si affrettò più che mai a sollecitare le negoziazioni, ne lasciò occasione di far seriamente osservare ai principi cristiani, e particolarmente al Pontefice, il pericolo in che erano tutti di diventare schiavi delle potenze forestiere; e li convinse, che distrutto lo Stato Veneto in Terraferma, non eravi altro argine per arrestare que' torrenti devastatori, che inghiottirebbero tutta l'Italia senza rimedio. I ragionamenti cominciarono ad ottenere il loro effetto. Alfonso duca di Ferrara, uno de' principi più avversi ai Veneziani, fece sapere il rammarico che sentiva per i disastri della Repubblica, ed ordinò di rifabbricare a sue spese i castelli d'Este e di Rovigo, appartenenti ai Veneziani, ch'egli stesso aveva fatto distruggere, per lo spavento, diceva egli, che i Francesi avevangli cagionato. Ma il Pontefice sentì più di ogni altro tutto il peso di quelle considerazioni. Radunò un pieno Concistoro per dichiarare la sua risoluzione di ricevere i Veneti Ambasciatori, poichè la Chiesa Romana non doveva mai ricusare misericordia ai suoi figliuoli, anche i più colpevoli, allora quando dimostrano pentimento. I Cardinali, che conoscevano al pari di lui tutto il pericolo di lasciar esposta l'Italia all'armi forestiere, approvarono unanimamente la risoluzione del Papa, e lodarono una moderazione veramente degna del padre comune de' fedeli. Gli ambasciatori di Massimiliano e di Luigi fecero molte rimostranze al Papa per la troppa sua condiscendenza; ma riuscirono inutili. I due monarchi risolsero allora di venire ad un abboccamento sul Lago di Garda, per decidere insieme sugli affari della guerra. Luigi si mise subito in viaggio, accompagnato dal maggior fasto. Massimiliano vergognandosi di comparire con un corteggio assai inferiore, gli fece sapere, che affari premurosi lo chiamavano immediatamente in Friuli. Il monarca Francese se ne disgustò, e conobbe ognora più, che nulla dovea contare sopra un alleato, che non avea nè perseveranza, nè regolarità di condotta. Previde in oltre, che il Pontefice si staccherebbe presto dalla Lega, e che il re di Spagna, contento di essere ristabilito ne' suoi dominj nel regno di Napoli, più non si sentirebbe disposto a concorrere a nuove spese per la Confederazione. Risolse dunque di assicurarsi ben bene delle sue conquiste; poscia congedò le sue truppe, che non gli erano più necessarie, e si dispose a partire per la Francia. L'Imperatore cercò di persuaderlo, che spedirebbe quanto prima nuove truppe per raggiungere le sue: Luigi non ebbe più confidenza in lui.

Niente di tutto questo era ignorato dai Veneziani; ond'è che il Senato, contando anche molto sulla buona disposizione del popolo a suo riguardo, risolse di tentare un'impresa sopra Padova. Andrea Gritti, uno dei Povveditori dell'armata, ricevette gli ordini, e nella notte dei 17 luglio 1509 fu condotta l'armata vicino a Padova, senza trovarvi la menoma opposizione. La mattina all'aprir delle porte, non v'erano che alcuni carri pieni di fieno, che aspettavano di entrare; con essi entrarono pur anche le truppe Venete, che uccisero le sentinelle, s'impadronirono di tutte le porte, attaccarono e batterono la guarnigione, e Padova tornò in potere della Repubblica.

Questo colpo di mano, riuscito così felicemente, colmò tutta Venezia d'inesprimibile gioja. Era però da attendersi, che l'Imperatore avrebbe fatto tutti gli sforzi per riavere una città tanto importante, e da cui dipendeva lo stabilimento dell'impero Tedesco in Italia. Ed ancora più di Cesare i Veneziani ne conoscevano l'importanza, giudicando consistere totalmente la salvezza propria nella conservazione di essa, poichè, conservando Padova, potevasi sperare di ricuperare col tempo i dominii perduti, tanto più che la maggior parte de' sudditi, conoscendo pel confronto, quanto fosse diverso il Governo moderato della Repubblica da ogni altro, sempre più anelavano dietro al loro naturale e antico. Al contrario perdendosi Padova, perdevasi ogni speranza di mai più reintegrarsi del perduto. Ed era grandissimo il pericolo, che Venezia stessa, spogliata di tanti dominii, privata di tante ricchezze per la diminuzione delle rendite pubbliche e private che ritraevansi dalla Terraferma, o non potesse difendersi al presente dalle armi dei Confederati, o diventasse in progresso di tempo preda de' Turchi, o pur anche degli stessi principi cristiani mediante una nuova lega fra loro. Per il che fu messa ogni attenzione e diligenza a migliorare i lavori necessarj alla difesa di quella città, a provvederla abbondantemente di viveri, di munizioni, di artiglierie, e di un rinforzo di truppe, quanto si poterono raccorre. Nè per tutto ciò venia meno l'ansietà e la sollecitudine del Senato, e i vigili Senatori non cessavano nè giorno nè notte di pensare, ricordare e proporre le cose più opportune per ottenere un esito felice.

Frattanto l'Imperatore raccolto aveva un esercito di ottantamila, o come alcuni pretendono, di centomila uomini, e volle venir egli stesso a porre l'assedio a Padova. I Veneti non sorpassavano i sedici mila soldati. Come resistere a tanta maggioranza? Il Doge Lorenzo Loredano, uomo venerabile per la sua età, per la cospicuità del grado sostenuto degnamente da più anni, benemerito della patria per i tesori profusi a pro di essa, ammirato per le sue virtù, pe' suoi consigli, volle nel caso presente raccogliere straordinariamente il Gran Consiglio, come il corpo nel quale risiedeva la vera maestà dello Stato. Vi si recò egli stesso, e fatto silenzio, alzossi maestosamente dal suo seggio, e levatosi dalla fronte il Corno Ducale, in segno di rispetto verso quell'augusta assemblea, cominciò la sua orazione esponendo la necessità di difender Padova non solo con tutte le forze, ma anche colla vita stessa. Fece sentire, che l'indipendenza della Repubblica, la sicurezza di tutta Italia, dipendevano dalla conservazione di quella città. Rammentò, come fatto avea altre volte, essere stato l'amor della libertà, l'odio alla tirannia, che aveano popolato queste lagune, e prodotto sopra la terra e sul mare azioni degne di dare un gran nome ai Veneziani: aggiunse, che se per abbattere tanto splendore era stato necessario il concorso delle frodi e degli eserciti di tutt'i principi cristiani, talchè la Repubblica fosse costretta di cedere al momento la Terraferma, allora poi che sembrava aprirsi una favorevole opportunità di risarcire l'onor nazionale, di salvare alla patria il suo più bell'ornamento, qual'era la città di Padova, egli non poteva dubitare, che tutti non accorrerebbero a difenderla personalmente; e che siccome i patrizj dovevano superare tutte le altre classi ne' sentimenti magnanimi e patriotici, così esser dovevano i primi ad esporre i loro corpi per antemurale contro l'immenso numero de' soldati nemici. Ch'egli stesso avrebbe desiderato di essere il primo a dirigersi a quella volta; ma riflettendo, che i vecchi sarebbero più di carico che di utilità al presidio, e che d'altronde non meno che coll'armi si difende una città col consigliare, provvedere, ordinare, così credeva necessario non solo di fermarsi in patria egli stesso ed i suoi coetanei, ma che non venisse Venezia spogliata nemmeno di tutta la gioventù, perchè ve ne fosse da poter accorrere al bisogno. Quindi consigliò ed animò, perchè alcuni giovani gentiluomini volessero raccogliere un buon numero di amorevoli, atti all'armi, ed andassero tutt'insieme a chiudersi in Padova, sin che quella piazza avea bisogno di difesa. Volle egli avvalorare il consiglio coll'esempio, e per ciò offerse in modo assai sentito e commovente i suoi due proprj figli; dello zelo e dell'attività dei quali facevasi mallevadore. Assicurò in oltre, che da questa provvidenza deriverebbe non solo la difesa di Padova, ma l'ammirazione di tutte le nazioni; mostrandosi così, che i patrizj stessi furono quelli che, a rischio della propria vita, erano accorsi a tanta impresa, e per la maggior sicurezza della loro libertà, e per la preservazione della più degna e nobile patria che fossevi al mondo.

Il discorso del Doge fece tale impressione sul cuore di tutti, che più di trecento nobili, unendo con una celerità inaudita un gran numero di persone, risolsero di andar a chiudersi in Padova. Allorchè s'imbarcarono vennero accompagnati dal resto della nobiltà, e da una moltitudine infinita, che a gara celebrava le loro lodi, e faceva pietosi voti per la loro eroica impresa. Con non minor applauso e giubbilo vennero essi accolti in Padova. E veramente era cosa ammirevole osservare tanti giovani patrizj, i quali non esercitati alle fatiche, nè ai disagi della guerra, avevano voluto sagrificarsi spontaneamente alla difesa della città. Or qui sarebbe interessante assai il seguir passo a passo i loro sforzi inusitati, il vederli prestarsi senza veruna distinzione di grado a tutt'i lavori più penosi, come sono quelli della facitura degli argini, dei bastioni, delle mura, delle casematte, ed esporsi ai pericoli più evidenti. Il loro esempio eccitava in tutti l'emulazione, ed ognuno cercava di superare sè stesso. I soldati mercenarj vedendosi frammisti ai patrizj, si trovavano non solo animati da loro, ma confortati dall'idea, che niente potrebbe neppur ad essi mancare. Di fatti la città abbondava di qualunque genere di provvisioni, giacchè non era stato men sollecito il governo ad acquistarle, che i villici a recarle in Padova. Questi in oltre aiutavano quanto più potevano sì gl'interni, che gli esterni lavori di quella piazza, talmente che venne essa riparata e fortificata maravigliosamente. È ben vero, che a compiere tanto lavoro vi contribuì non poco il molto ritardo, che vi frappose l'Imperatore a unire le sue truppe, e a determinare il modo di dare l'assalto alla città; donde avvenne che quell'esercito potentissimo, giunto sotto le mura, in meno di sei settimane che stava assediandola, perdette ogni speranza di vittoria, e Cesare stesso fu costretto a ritirarsi per allora sino a Verona, deliberato di ritornarsene in Germania per disporsi, diceva egli, a rinnovare la guerra nella primavera. I Veneziani approfittarono del momento per racquistare molti castelli. L'Imperatore dimandò una tregua che non gli fu accordata. In fine, per abbreviare questa narrazione ormai troppo prolissa, basterà dire, che si combattè con varie vicende sino al 1516, non avendo mai mancato il governo Veneto di attività, di forza, di consiglio; e alla pace generale, la Repubblica riebbe quasi tutto ciò che aveva perduto.

Ecco il termine della famosa Lega di Cambray, che aveva armate tante braccia per annientare una Repubblica, meritevole piuttosto che tutte si armassero per sostenerla. La nostra storia può bene gloriarsi di avere un'epoca così memorabile. Havvi in essa da ammirare non solo il valore e la forza della Repubblica dopo la prima sorpresa, ma particolarmente l'unione de' sentimenti per la difesa della libertà; la sua fina politica nel saper unire e disunire le alleanze, l'arte d'impiegar e muovere a tempo tutte le molle, e singolarmente quello spirito di vero patriotismo, ch'è sempre l'effetto di un governo equo e giusto, e della felicità generale.

È inesprimibile l'esultazione di tutti i sudditi Veneti allora quando, dopo tante vicissitudini, si videro finalmente renduti all'adorato loro principe naturale. Saccheggiati dagli stranieri impudenti ed avidi, non aveano sopportato il loro giogo che con orrore, ed erano stati sempre amareggiati di aver perduto un governo, che non esigeva che obbedienza alle leggi, e imposte moderatissime. Ogni città spedì dunque i suoi Deputati a Venezia per assicurare il Senato della sua perfetta felicità, e per offerirgli la total sua dedizione. Il Senato dal canto suo rispose con effusione a queste commoventi espressioni, e volle subito con vera carità paterna sollevarle dalle imposte gravose ch'ebbero a sostenere durante la guerra. Ordinò in oltre, che si dovessero pagare tutti gli stipendj sospesi agli amministratori di ogni città e che ogni città dovesse essere non solo restaurata dai danni sofferti, ma abbellita per modo da accrescere i comodi ed il lustro de' cittadini. Queste ed altre misure, dirette al vantaggio generale di tutt'i sudditi, aggiunsero alla comune felicità la più viva riconoscenza.

Non v'ebbe popolazione, che non celebrasse con pompa questo grande avvenimento. Le feste più solenni si succedettero da uno in altro luogo, e meritarono di esercitare la penna di varii scrittori. A Venezia poi esse durarono per più giorni. Vi furono giostre magnifiche, regate in cui le donne stesse vollero correr l'aringo, fuochi d'artificio, tutto che quest'arte fosse ancora nella sua infanzia, ed altri spettacoli. Ma per rendere immortale il gran fatto, s'instituì una festa annua li 17 luglio, giorno della ricuperazione di Padova, essendo stato questo il primo passo che condusse seco tutte le altre felici conseguenze. In questo giorno celebravasi nel calendario la festa di santa Marina. Per una combinazione singolarissima, eravi in Venezia nel Tempio dedicato a questa Santa, il sepolcro del Doge Michele Steno, sotto il cui governo erasi per la prima volta acquistata Padova; ed alla sua morte vennero appese le chiavi d'essa città vicino al di lui monumento. Ciò accrebbe la pia persuasione, che fosse stata l'intercessione di questa Santa, onorata particolarmente per la sua pazienza e perseveranza, che avesse impetrato da Dio ai Veneti, imitatori delle sue virtù, questo nuovo prospero successo. Fu dunque decretato, che il Doge andrebbe ogni anno col suo augusto corteggio ne' peatoni dorati alla chiesa di santa Marina, per assistere alla Messa solenne, e baciarvi ce .

Dimenticaronsi assai presto tutt'i mali della guerra, e le somme immense che aveva costato, poichè Venezia trovava nel suo commercio una fonte inesausta di ricchezze pubbliche e private; e la Repubblica nell'amor de' suoi sudditi conservava sì potente forza politica, che superava ogni altra, e che i soli secoli non avrebbero bastato a distruggere.

Nota.

Che un compatriotta, e forse anche un parente del conte Francesco Carmagnola, non molti anni dopo la sua morte, punto da un vivo dolore, giudicasse e parlasse come abbiamo veduto nella narrazione, non recherebbe stupore. Ma che quattro secoli dopo, in una piena discordanza di storiche tradizioni, nell'ignoranza totale di autentici documenti, e nell'annientamento di un corpo sovrano che non ha più voce, siavi chi ami risvegliar la memoria di un fatto, senz'altro apparente motivo che quello di mordere la direzione di un Governo, per lode di giustizia e d'integrità riputatissimo, è cosa veramente singolare e degna di osservazione. Lasciando da parte gli storici forestieri, e specialmente un Sismondi e un Daru, che quanto allettano per la grazia del dire, tanto fanno nausea per la sfigurazione dei fatti, restringeremo ora le nostre doglianze verso cert'uni, i quali fanno pomposa mostra de' lor sagaci ingegni, col produrre opere atte a riaccendere odii e rivalità, ed a rinnovare quelle discordie, onde in antico fu vittima la nostra bella e troppo vagheggiata penisola. Io intendo segnatamente parlare e della Tragedia del signor Manzoni intitolata Il conte di Carmagnola stampata a Milano, e del Quadro che, per commissione di là procedente, si è lavorato in Venezia dal signor Hayez, in cui rappresentasi la separazione del Carmagnola dalla sua famiglia, nel punto d'avviarsi all'ultimo supplicio. L'unico mezzo di unione che ci rimanga è il progresso delle belle arti, le quali ingentiliscono i costumi, perfezionano il cuore, innalzano l'anima, la rendono sollecita di pacifiche virtù, distruggono ogni rivalità fra popolo e popolo, e li legano indistintamente insieme in dolce amistà, per tendere tutti di concerto all'interesse promiscuo del bene pubblico. Ma oh perdute speranze, se i cultori di queste le fanno servire al capriccio, ed alle deplorabili animosità! E pur troppo certo è, che le opere sopraindicate non restano dall'eccitar nel generale basse e nocevoli passioni, e tentano di convertire la dubbiezza degli antichi eventi in probabilità oltraggiosa ad una nazione, che sostenne con tanto decoro la gloria del nome Italiano! Quanto bene a questo proposito acconcierebbe fors'altri il già vecchio notissimo adagio "Al Lion morto ogni animale insulta!" Quali accuse, in vero, non si danno adesso alla Veneta Repubblica di crudele, d'ingiusta, per avere quattrocento anni fa condannato a morte un suo Generale? A quali fondamenti di fatto e di raziocinio si appoggiano tali accuse? Prima di tutto abbiasi per indubitato quel canone, che per giudicare con equità degli avvenimenti dei tempi andati, conviene trasportarsi al secolo in cui succedettero, e avere riguardo alle circostanze che gli accompagnarono, alla situazione fisica e morale dei Governi, e non giudicare secondo i nostri costumi ed interessi attuali, nè co' dettami della politica presente, più illuminata e più conforme alle sante leggi dell'umanità. Sol che tu apra la storia del secolo decimoquinto, e ancor più degli antecedenti, non in Italia soltanto, ma per tutto il mondo, vedrai le vite de' principi circondate da pugnali e da veleni: i sudditi riguardati quasi mandre di vili animali condannati alla gleba: tutto spirare barbarie, atrocità, oppressione. Se in mezzo a tanti orrori, tu cercassi qualche raggio di luce, dovrai pure rivolgerti alla sola Venezia, che sin d'allora distinguevasi con un Codice di leggi, con una vera libertà sociale, e con costumanze temprate di natìa mansuetudine e di onestà; il che deve ognor più allontanare l'idea di una pubblica ingiustizia.

Venendo al caso particolare del Carmagnola che trova ora più apologisti, che non n'ebbe quando la compassione della sua morte doveva essere più viva, perchè più recente, è d'uopo considerare prima di tutto chi egli si fosse. Un villano feroce e di gran cuore, che tratto dalla sorte ad essere soldato, è venuto in credito prima presso Facino Cane, uno de' Generali de' Visconti, indi presso Filippo Visconti medesimo, fu il principale strumento della grandezza di lui, avendo, in qualità di suo

Generale, riacquistato tutto il suo ducato, e discacciatine gli usurpatori. Ma per quale via giunse egli a tanto? Talvolta col valor militare, spesso colla crudeltà, più spesso coll'inganno. La sua prima impresa fu di acquistar Lodi, che teneva pel conte di Vignate. Questi, ingannato da una finta tregua, si lasciò cogliere sprovveduto in Milano; venne arrestato, posto in una gabbia di ferro e spedito a Pavia. Intanto il Carmagnola, conscio del fatto, assaltò Lodi, la prese, fecevi prigioniero il figlio del conte, e poscia padre e figlio passarono nelle mani del carnefice. Indi Crema cadde in potere di lui mercè la trama, ch'egli secondò, di alcuni faziosi contro quel feudatario. Ei tolse Vigevano al marchese di Monferrato più col timore, che colle armi. Ma in Piacenza, signoreggiata da Filippo Arcelli, pose in opera più fiero spediente. Essendogli caduti nelle mani il fratello ed il figlio di quel principe, egli, fatte piantar due forche sotto le mura della città, le intimò la resa, minacciando di far impiccare i due giovani prigionieri, se ciò non otteneva. L'Arcelli non credendo possibile tanta crudeltà, rifiutò di arrendersi, e tosto le due innocenti vittime penzolarono dal patibolo. L'infelicissima madre e la loro cognata, che dalla finestra videro l'orrenda scena, accrebbero talmente colle loro smanie la costernazione del principe, ch'egli uscì di città travestito, e così Piacenza ritornò in potere del Visconti. Bergamo fu tolta al Malatesta per sorpresa. Como, Cremona e Brescia s'arresero per contratto. Di Parma egli prese possesso per ispontanea dedizione, senza spendere nè danaro, nè sangue. Così fu di Asti nel Piemonte, che cedette ad una sua semplice intimazione; così di Faenza, d'Imola e di Forlì nella Romagna. La città che gli costò più sudori, e che non si rese se non dopo un formale assedio, fu Genova. Superbo il Carmagnola per questa impresa, e per aver in meno di dodici anni ricuperato al duca Filippo forse venti città, non dubitava di acquistargli ben presto non solo tutto lo Stato di Gio. Galeazzo suo padre, ma di estendere maggiormente i confini, quando l'invidia e la malignità de' cortigiani ruppero i suoi disegni. Quali fossero le secrete trame tese contro di lui non giova cercare. Basta bene, che gli venne un ordine dal suo signore di lasciare immediatamente il comando delle armate, e di assumer il governo di Genova. A tal colpo inaspettato, egli fremè; conobbe di essere calunniato; cercò di farsi ascoltare dal principe per lettera; ma le lettere o furono intercette o giunsero mal gradite, e non n'ebbe mai risposta. Irritato ognora più, egli lasciò finalmente Genova, e si recò al soggiorno del Duca in Abbiategrasso per avere udienza; ma questa gli venne replicatamente negata, onde non potendo altro, si diè a gridare altamente, sperando che le sue voci giungessero all'orecchio di Filippo, e dichiarò traditori e ribaldi i suoi ministri, e protestò, che in breve il Duca sarebbesi pentito di non averlo ascoltato. Detto ciò, per prevenire i pericoli, spronò il cavallo, e s'involò per sempre dalle terre del Visconte, il quale tosto ordinò la confisca de' suoi beni, e la prigionia della sua famiglia.

Non parendo al Carmagnola poter trovare migliore rifugio che in Venezia, ove gli animi erano esacerbati contro Filippo per l'oppressione in che teneva gli sventurati Fiorentini, quivi si ritirò. Il Doge Francesco Foscari, nemico acerrimo de' tiranni, e portato per natura alle ardite imprese, contribuì non poco a fargli avere buon'accoglienza, e sperò che un sì illustre e intraprendente Generale avrebbe potuto indurre il Senato ad ascoltare più le voci bellicose de' Fiorentini, che le pacifiche di Filippo. Gli Ambasciatori delle due potenze si trovavano al tempo stesso in Venezia, e secondo le varie loro mire, ciascuno incalzava i maneggi.

Il Carmagnola risiedeva d'ordinario a Treviso, nè veniva a Venezia se non che ricercato per consiglio, il che veramente era assai spesso. Ora, in Trevigi stando, avvenne che un certo Giovanni Liprando fuoruscito Milanese, fece proporre al Duca l'uccisione del Carmagnola, purchè gli venisse concesso il ritorno alla patria. Il Duca ne fu contento; ma nel punto di mandarla ad effetto, la trama fu scoperta, il reo decapitato, ed il Carmagnola da allora sentì infiammarsi ognora più di spirito di vendetta. Onde introdotto in collegio esagerò la perfidia di Filippo, si vantò di conoscere tutti i suoi piani più secreti; assicurò che debellati i Fiorentini, avrebbe rivolte le armi contro la Repubblica, dimostrò quali fossero le sue forze, quali i soldati, quali i comandanti, quale lo stato dell'erario; ed infine tutto dipinse sfavorevolissimo al Duca, promettendo poi sommi vantaggi ai Veneziani qualora volessero determinarsi alla guerra, ed affidarne a lui le forze.

Sì belle speranze, avvalorate dalle insinuazioni del belligero Doge, fecero che, portato al Senato quest'affare, fu decisa la guerra. Divulgatasi l'alleanza tra Venezia e Fiorenza, tutti gli altri principi d'Italia ricercarono d'esservi essi pure compresi, e 'l furono. L'intimazione di guerra fu fatta, ed il Senato nel prepararsi potentemente per sostenerla, si riportò in tutto al consiglio del Carmagnola, cui scelse a suo generale coll'assegno di mille ducati d'oro al mese. Non tutti però i Senatori erano tranquilli su questa scelta. I più cauti avevano ribrezzo ad affidar la propria fortuna in mano ad un uomo d'inquieta natura, troppo bene istrutto nelle secrete pratiche, e che sì ardente mostravasi per impugnar l'armi contro al natural suo principe. Ma gli arrischiati la spuntarono su i prudenti, ed il Carmagnola il dì 15 febbrajo 1426 con grandissima pompa ricevette lo stendardo di S. Marco, e prestò il solenne giuramento di fedeltà.

Il giorno 18 marzo dell'anno medesimo, il Carmagnola con i Provedditori Veneti, che, com'era il consueto, seguivano il generale in campo e dai quali dipender doveva, si partirono da Venezia, e andarono a raggiungere il corpo dell'armata di dodicimila uomini, ch'era nel Trevisano. Ben tosto fu esso in marcia alla volta di Brescia. Il conte Francesco, che avea non pochi amici nella Lombardia, ricorse alle sue solite armi della seduzione per impadronirsi di quelle città, ed in parte gli riuscì; mentre potè introdurvi notte tempo ottocento uomini per una porta, ed occuparne un quartiere. Ma per far suo tutto il resto, e massime la Rocca, non ci vollero men di quattro mesi di stento, ed in oltre l'opera ingegnosa del generale fiorentino Nicola da Tolentino, il quale inventò egli, e non già il Carmagnola, come si disse per fargli onore, la doppia linea di circonvallazione e di contravallazione, ed apprestò tal ridotto agli assedianti, che poterono assiduamente stringerla, e finalmente sforzarla alla resa. Questa perdita, ed il guasto sofferto nelle sue terre, persuasero Filippo ad interporre l'autorità di Papa Martino V per chiedere agli alleati la pace. Essa gli fu accordata; ma però mediante la restituzione ai Fiorentini di quanto era stato loro preso durante la guerra, e la cessione di Brescia col suo contado, e di altre piazze ancora ai Veneziani.

Ritornato il Carmagnola a Venezia, la Repubblica non tardò a rimunerarlo largamente dei prestati servigi. Lo ammise al Patriziato co' suoi discendenti; gli fece il dono di un palazzo; gli assegnò la terra di Castelnuovo nel Veronese con buona rendita, e per giunta il regalò di mille ducati d'oro.

Ma la pace durò poco per la mala fede del Visconti, il quale l'avea forse segnata più per fermare il corso a maggiori disgrazie, che per brama di conservarla, o forse anche con lusinga di riavere il suo Generale, che sapeva essere più irritato contro i suoi ministri, che contro di lui; quindi negò la pattuita consegna delle piazze a chi, in nome de' Veneziani, era andato a riceverle.

Di nuovo adunque fu allestito un esercito, e ben più potente di prima, poichè ascendeva a 36000 uomini, oltre un gran numero di navigli da scorrere il Pò, Confermato il Carmagnola nel comando, portò la sua truppa sul Mantovano, mentre la flotta sotto gli ordini di Stefano Contarini ascendeva pel fiume. Contro essa ne aveva equipaggiata un'altra più poderosa il Visconti, e la fece tosto da Pavia discendere sino a Casal Maggiore, fortezza de' Veneziani, comandata da un nobile Pisani. Qui sbarcarono le truppe del Duca, e strinsero la piazza. Il Pisani sprovveduto di forze, ricorse al

Contarini, e non ottenne che deboli ajuti. Si rivolse al Carmagnola, e non n'ebbe nessuno; sicchè dopo tre settimane di resistenza, dovette cedere. Intanto l'armata di terra erasi avanzata nel Bresciano. Il Carmagnola la condusse sotto il castello di Gotalengo, e ignaro ch'ivi presso fosse imboscato un buon corpo di nemici, tenne il suo campo con tal trascuraggine, che il nemico gli piombò addosso improvvisamente, uccise più di 1500 soldati, e costrinse il resto a precipitosa fuga. Increbbe fortemente al Senato tanta sciagura avvenuta ad un esercito de' più fioriti, che a' que' tempi si vedesse in Italia; pure esso non volle sospettare malizia del Generale, ed attribuì tutta la colpa al solito destino delle guerre; anzi gli animi si acchetarono affatto, quando si seppe che il conte Francesco in ammenda del fallo, avea riuniti con mirabile prontezza gli avanzi dell'esercito, lo avea rinforzato di nuove reclute, ed erasi posto in istato d'uscire in campagna; e per istornare le forze di Filippo da Brescia, era andato a minacciar Cremona. Quivi nacque un combattimento feroce con danno reciproco; ma la vittoria si decise poco appresso a favor dei nostri, sulla via che conduce a Maclodio. Grande ivi fu la strage de' Milanesi, e più di ottomille caddero prigionieri, tra quali lo stesso generale Carlo Malatesta. Ma qual che si fosse la ragione, il Carmagnola non volle approfittarsi della vittoria. Invece di dirigere i suoi attacchi contro qualche piazza importante, oppur contro la stessa Milano, egli perdette il tempo saccheggiando Soncino. Non basta; con assoluto dissenso dei Provveditori Veneziani; pose in libertà tutt'i prigionieri; e così la perdita di Filippo, non si ridusse che a cavalli, armi e munizioni, poichè riebbe a sua disposizione la stessa armata di prima. Però questi essendo tuttavia esausto di danari, e vedendo le sue milizie scoraggiate, conobbe difficile ricuperare il perduto; laonde deposto l'orgoglio cominciò a piegare alla pace, e nuovamente interpose la mediazione del Pontefice. Fu aperto in fatti un Congresso di Ferrara, ove lunghe ed acerbe furono le opposizioni; ma finalmente si conclude un Trattato li 18 aprile 1428, per cui Brescia, Bergamo, ed una parte del Cremonese accrebbero il dominio terrestre della Repubblica. In quanto al Generale, v'ebbe un articolo, che imponeva al Duca la restituzione a lui della moglie e de' figli. Circa ai beni si tacque, essendo tutti doni di Filippo.

Nel maggio susseguente, il Carmagnola giunse a Venezia con molti de' suoi capitani. Grandi onori gli compartì il Governo. Fu solenne il suo ingresso nella Basilica di san Marco, dove in mezzo ad infinito concorso rimise nelle mani del Doge lo Stendardo della Repubblica, che venne poi collocato fra i nuovi trofei riportati sul protervo nemico. Susseguitò a questo una gran processione; indi si permise non solo a Venezia, ma a tutte le città dello Stato, di festeggiare sì utile pace, con tutta la magnificenza. Al Carmagnola poi vennero accresciuti gli stipendj; fatto l'assegno di nuove rendite territoriali; ed a sua moglie, già venuta seco lui in Venezia, furono presentati panni d'oro e di seta pel valsente di 2000 ducati d'oro, ed altri ricchi doni.

Non era ancora bene consolidata la pace, che ricominciarono a pullulare i semi di nova guerra. Rodeasi Filippo delle perdite fatte, e colle frodi, armi sue predilette, tentava di rimettersi nell'antica potenza. Fra l'altre, fu troppo aperta quella di avere suscitato una congiura per introdurre le sue truppe in un castello del Bresciano. Il capo ne fu arrestato, e la sua confessione non ne lasciò più alcun dubbio.

Eccoci dunque al principio del 1431, per la terza volta in armi.

Il Carmagnola cominciò le ostilità colla presa di Trevi e di Caravaggio, e già mirava a quella di Soncino per via di astuzie, ma questa volta l'ingannatore fu ingannato; poichè mentre marciava per occuparla, venne oppresso da un tal numero di nemici, che le sue milizie furono rotte, disperse, inseguite, ed egli stesso costretto a precipitosa fuga. Rimaneva però intatta la flotta del Pò composta di 80 e più legni, comandata da Niccolò Trevisan. Tosto che Carmagnola potè riaversi del sofferto danno, e reclutar nuove truppe, mostrò di volerla sostenere. Essa essendo avanzata presso Cremona, non lontano egli pure trasferì il suo campo, nè molto andò, che i generali del Duca, fingendo di volerlo attaccare per terra, fecero discendere per acqua i lor galeoni, certo minori in numero dei Veneziani, ma più potenti; perchè pieni del fior della milizia di terra, che col favore della notte vi si era fatta imbarcare. Il Trevisan non s'accorse della forza nemica se non quando le fu quasi a fronte. Spedì tosto messi al Carmagnola per informarlo del vicino pericolo, per eccitarlo ad accostarsi rive del Pò, e così porsi in istato di dargli pronti soccorsi; ma quegli rispose, che potendo egli stesso venir attaccato, non dovea compromettere il suo esercito coll'indebolirlo. Di qua venne, che i nostri non avendo che marinaj e soldati armati alla leggera, mal poterono sostenere uomini armati dalla testa ai piedi. Combatterono nondimeno, fecero sforzi di valore, tinsero a varie miglia l'acqua del Pò del loro sangue ma dovettero alla fine arrendersi, eccetto il comandante, che fuggì, e pochi altri con lui. La vittoria del nemico fu compiuta; più di tremila dei nostri furono uccisi; il bottino immenso; il danno superò la somma di seicentomila ducati. Per buona sorte, i generali del Duca non approfittarono dei loro vantaggi, e tutto si restrinse ad inconcludenti marcie, a guasti, a scaramuccie.

Poco dopo successe, che il Capitano di un distaccamento Veneto, veggendo mal guardato da una parte il muro della città di Cremona, concepì l'ardito pensiero di far notte tempo una sorpresa, e senz'altra considerazione lo eseguì. Si gettò nel fosso, scalò le mura, e seguito dai suoi si trincerò ad una porta, spedendone tosto l'avviso al Generale ch'era tre miglia lontano. Fu però vana ogni ambasciata, ogni preghiera d'ajuto; il Carmagnola non si mosse; quindi dopo due giorni di aspettazione, il distaccamento dovette abbandonare il posto e rinunziare alla bella speranza di conquistar Cremona, che pur era lo scopo di tutte le operazioni di quella campagna.

Così freddo ed indolente non si mostrò il Carmagnola quando, poco appresso, venne chiamato dal Governo a respingere gli attacchi del Patriarca di Aquileja, che con forze impetrate dall'Imperatore, erasi dato a saccheggiare crudelmente il Friuli; e sì valorosamente operò, che in breve quella provincia rimase sgombra da infestazioni, ed il nemico battuto e fugato.

Ma ricomparve la primiera lentezza, allorchè, ritornato nel Cremonese, si lasciò attaccare qua e là dal nemico reso sempre più intraprendente dai passati successi, il quale acquistò due importantissimi posti sul Pò, come Bordelano e la Torricella, senza trovare opposizione, e senza che il Carmagnola se ne sconcertasse punto. Questi suoi ultimi portamenti costrinsero il Senato a vieppiù serie considerazioni, perchè vedeva apertamente favorita la parte del nemico e tradita la sua.

In questo mezzo, l'imperatore Sigismondo giunto di passaggio a Milano, s'invogliò di farsi mediatore d'una stabile pace. A tal fine invitò tutte le potenze belligeranti a spedire a Piacenza i loro deputati. La Repubblica mandò i suoi. Durante i trattati, venne chiamato a Venezia il Carmagnola, sotto pretesto di voler conferire con lui sugli articoli da proporre al congresso. L'accoglimento fattogli per via dai pubblici rappresentanti, e l'incontro pomposo ch'egli ebbe al suo arrivo, non gli permisero di sospettare nulla di ciò che macchinavasi contro di lui. Egli fu condotto tosto nel pubblico palazzo, quasi dovesse entrare nelle stanze del Doge; ma le stanze Ducali si cangiarono per lui nelle contigue carceri; del che appena si accorse, che gridò, son morto. Venne formalmente processato; e negando egli tutt'i fatti de' quali era accusato, fu posto alla tortura, ed allora confessò ogni suo disegno. Per il che non gli rimase più luogo a salvezza, e fu decollato in mezzo alle due colonne della piazza di S. Marco.

È questo un esatto e semplicissimo compendio di quanto ci tramandarono intorno al Carmagnola gli storici a lui contemporanei o di poco lontani, sien Veneziani o nol sieno. Nella narrazione de' fatti tutti s'accordano; ed al loro unico fonte attinsero anche i moderni, i quali, comunque dominati da contrarie passioni, non poterono travisarli. Ciò in che a taluno sembra che dissentissero gli scrittori veneti dagli stranieri, è la causa della decapitazione di quel celebre capitano. Mettono i nostri fuor di dubbio, che il governo abbia emanata giusta sentenza contro di lui, perchè fondata su prove incontrastabili del suo tradimento. Tra gli estranei non trovo che il Corio milanese, che in modo assoluto discordi da noi dicendo, che i Veneziani tolsero al loro condottiero il valsente di più di 300,000 ducati, i quali furono, forse, più che qualunque altra ragione, la causa della sua morte. Gli altri che si riducono a due, tengono un modo più cauto, e non fanno che riferire le varie voci, che pro e contra si sparsero in Italia all'occasione della sentenza. Un Anonimo bolognese, le cui parole si riportano dal sig. Manzoni stesso, così si esprime: "Dicesi, che questo hanno fatto, (i Veneziani contro il Carmagnola) perch'egli non faceva lealmente per loro la guerra, e che s'intendeva col Duca. Altri dicono, che come vedevano tutto lo stato loro posto nelle mani del conte, capitano di sì grande esercito, parendo loro di esporsi a grave pericolo, e non sapendo con qual miglior modo potessero deporlo, han trovato cagione di tradimento contro di lui. Dio voglia che abbiano fatto bene". — Il Poggio Fiorentino, scrittore tanto elegante quanto imparziale, dopo aver narrato l'arresto, segue: "Assoggettato alle interrogazioni, tratte fuori le lettere, e addotti alcuni testimonj domestici, corre voce, che fosse convinto di tradimento, e venti giorni dopo il suo arresto, fra le due colonne della piazza, collo sbadiglio in bocca, perchè parlar non potesse, fu decapitato". — E poco appresso soggiunge: "Vuolsi, che non potendo soffrire i costumi de' Veneziani, mancasse loro di fede. Certuni dicono, che non abbia meritato la morte con delitto di sorta, ma che ne fosse cagione la sua superbia insultante verso i cittadini veneti, e odiosa a tutti."

Ecco i soli fondamenti, su i quali mal'affetti al nome veneto fanno un gran lavoro d'ingegno, per provare ingiusta e crudele la sentenza; ma quanto solidi essi sieno, ciascun sel vede: un dicesi, un dicono, un vuolsi. Chi riflette alla figura del reo, Capitano reputatissimo per valore, per consiglio, per severità militare, e per imprese operate, troverà assai naturale, ch'egli si fosse acquistato l'universale ammirazione, e che caduto in grave sciagura, benchè meritata, ottenesse la compassione di molti. Chi considererà poi la qualità di chi avea scagliata contro lui la condanna, non si stupirà, che tra parecchie migliaja d'Italiani, v'avessero alcuni, che in onta del vero, disseminassero voci favorevoli al reo, e vituperose pe' suoi giudici. Il Governo Veneto era giunto, in quell'epoca, a tal grado di potenza, che parea quasi divenuto l'arbitro della sorte d'Italia. Ciò basti a persuaderci, ch'egli avea de' malevoli. Rado è che dalla potenza si scompagni l'invidia, e che da questa non pulluli l'odio. Gli accennati storici, nell'esporre le udite dicerìe, punto non le rafforzarono col proprio parere; anzi, se guardiamo il Poggio, troveremo, che in più luoghi della sua storia propende a credere ben fondati i sospetti de' Veneziani sulla fedeltà del loro Generale. Riguardo al licenziamento dei soldati, egli così dice: "Non v'ha chi dubiti, ch'esso (Filippo) potesse in quel giorno essere d'ogni cosa spogliato, se il Carmagnola avesse ritenuti i prigionieri. Infatti tutt'i più nobili e valorosi erano caduti nelle sue mani… Tanto era il tumulto, tanta la disperazione, e così sparsa la fama di questa vittoria, ch'egli poteva, senza impedimento alcuno, portar la distruzione sino sotto le porte di Milano." — In quanto all'asserzione del Corio, essa non trova aderenti nemmeno tra gli avversarj dei Veneti: tanto è fuori di ragione e gratuita. Bella politica in vero sarebbe stata quella di colmar di doni e di onori colui che serviva lo Stato, ed inventar poscia false accuse per privarlo di vita, e ricuperare i largiti doni! Io non so, che taccia simile sia stata mai apposta alla Repubblica nemmeno da' suoi detrattori li più accaniti, mettendola così a paro col barbaro Musulmano. Da ciò conchiudasi, che la storica autorità qui riesce a nulla per decidere, se a diritto o a torto siasi il Carmagnola giustiziato. Tutto riducesi a presunzioni, a congetture, per giudicar delle quali è d'uopo ricorrere al raziocinio più che alle antiche memorie.

Intanto io non so quanto improbabile parer possa, che cadesse in delitto di fellonia il Carmagnola. Ritornando sul fatto racconto, appare ch'egli, oltre alla vil nascita, e alla niuna educazione avuta, era un di que' soldati di ventura, ne' quali più che l'onore suol prevalere l'interesse. Di molto valore non mancava al certo, ma era suo uso impiegarlo sol quando vedea andar a voto le astuzie, i rigiri. Profugo dalla Lombardia, cercò nuovo signore per la speranza di vendicarsi dei torti ricevuti dal primo. L'ambizione e l'interesse il facean prode; ma se l'equità non si conosce e non si pratica in tutto il rigore, quanto è mai facile lo sdrucciolare in funesti eccessi! Io ben volentieri accordo, che ad un uomo di tal tempra non potessero andar a sangue i costumi austeri e leali de' Veneziani, e quel dover da essi dipendere, come alcuni asseriscono; anzi da tutto ciò traggo il motivo per cui, dopo la prima guerra, si raffreddasse il suo zelo per essi, continuasse a servirli solo per coglierne i beneficii, e la finisse col secretamente odiarli e tradirli, tornando in grazia del Duca, il cui carattere doppio e fraudolento meglio col suo si affaceva. Ben è a sorprendersi della lunga tolleranza avuta dal Senato, che certo fu figlia della buona fede piuttosto che della necessità. A que' dì non mancavano certo anche in Italia famosissimi capitani, che all'esca di un regal trattamento, quale potea e sapea assegnar la Repubblica, si sarebbero venduti volentieri a lei colle loro schiere. Tuttavolta ella non s'indusse a cangiar condottiero, se non quando conobbe infallibile il suo tradimento. Eppure quant'indizj non aveva egli dati sin da bel principio d'una maliziosa condotta! Fu forse comprovata abbastanza la sua impossibilità di dar soccorso al Pisani in Casal Maggiore? Fu scusabile abbastanza la sua imprevidenza a Gotolengo? Ma ciò fu un nulla in confronto al licenziamento de' prigionieri, dopo la prospera giornata di Maclodio, ed al suo lento procedere quando tutto invitavalo a cogliere i frutti della vittoria. I veri sospetti erano allora cominciati; pur la gloriosa pace, che poco appresso si ottenne, fè sì, che il Senato alla rinnovazione della guerra gli riconfermasse il comando. Come corrispose egli a tanta fiducia? Senza porre in conto l'error che commise a Soncino con sì gran danno dell'esercito, egli lasciò perire sotto a' suoi occhi una bellissima flotta e tanti valorosi combattenti, per aver ricusato di soccorrerli. Quell'ammiraglio non computandosi reo, erasi recato a Venezia con que' miseri avanzi, che avea potuto salvare; nondimeno fu egli severamente punito, ed il Carmagnola non ebbe che una lieve riprensione. Ma avesse questi almeno fatto avanzare una parte dell'artiglieria sulle sponde del fiume, e cannonato il Mincio! Nulla di questo; ed è ciò comprovato dal non essere stato gettato a fondo nemmen uno de' bastimenti nemici. Qual'uso fec'egli in tutta la campagna del suo fiorito esercito? Nemmen fu presa Cremona, che acquistar si poteva, come dicemmo, sol ch'egli avesse sostenuto il distaccamento che vi era entrato. Infine questo gran capitano, che semplice soldato sotto il castello di Monza, per la sola forza del suo genio, avea preso il comando e superata ogni difficoltà a favor del Visconti, nel combattere contro di lui era divenuto pusillanime e irresoluto; vedea imboscate e nemici dove non erano; e con tutto questo lasciossi ingannare con finti attacchi per ben tre volte dal nemico.

Ma qui insorgono i suoi moderni apologisti, e dicono, che se il Carmagnola avea commesso qualche errore, la debolezza umana bastava a scusarli; che nella guerra è la sorte quella che bene spesso decide dell'esito, e che gran torto quindi ebbero i Veneziani a considerare i suoi rovesci quali tratti di perfidia. L'improvviso congedo dato ai prigionieri si giustifica coll'addurre l'uso di que' tempi, che i vincitori dessero la libertà ai vinti. Ma se un tal uso era costante, perchè in tante occasioni non fu osservato? Perchè non vien mai fatto cenno, che il Duca rendesse alla Repubblica i prigionieri suoi?

Perchè i provveditori al Campo tanto si opposero e fecero tanti lagni col Carmagnola di quella sconsigliata liberazione? Perchè finalmente gli storici nostri e forestieri, come il Pigna ed il Poggio, lo condannano, benchè dell'usanza predetta mostrino di non essere ignari? Quest'ultimo, cercando di giustificarlo, disse, ch'egli credea aver ciò fatto il Carmagnola, per compassione dell'infelice Filippo; ch'è quanto dire, per favorir il nemico, rovinando la causa de' suoi. Taccio ulteriori osservazioni; che un autore francese chiamò quel fatto una imprudente generosità; che il Verri, sì poco amico de' Veneziani, riconobbe egli stesso nella sua Storia di Milano, che dopo la vittoria insigne sopra l'armata ducale, Cremona, Crema e Lodi sarebbero state nostre, se il Carmagnola il voleva; e solo mi restringo a riflettere, che l'accennata usanza non poteva essere inalterabile, come il signor Manzoni nella sua tragedia e nelle sue Notizie Storiche ad essa premesse, mostra di supporre, appunto per la ragione addotta da Redusio da Quero nel passo da lui citato. È egli mai credibile, che per contentare i soldati, a' quali spiaceva la breve durata delle guerre, i potentati volessero renderle eterne, restituendo le sue forze all'avversario, onde potesse rinnovare le offese, come fa un giuocator di scacchi che, dopo aver vinto, rende le pedine all'altro per ricominciar la partita? Il sig. Manzoni cambia l'usanza in legge, e biasima i Veneziani, che si lagnassero del Carmagnola, perchè pigliando al soldo un condottiere, dovevano aspettarsi ch'egli farebbe la guerra secondo le leggi della guerra comunemente seguite. Indi per diminuire la colpa asserisce, che i prigionieri disciolti furono 400 soli, quando avea detto da prima, e nella tragedia stessa confermato, che la liberazione fu di tutti, e che rimanendo indietro soli 400, il Carmagnola, quasi per fare dispetto ai Provveditori, liberò anche quelli. Ma il sig. Manzoni è quello stesso, che parlando della flotta Veneta sul Pò distrutta, osò dire: «Gli storici, che hanno preso il tristo assunto di giustificare gli uccisori di lui, sembrano piuttosto dargli taccia di essersi lasciato ingannare da uno stratagemma». Egli è il solo che vorrebbe anche in questo trovarlo innocente, poichè gli altri disappassionati, ben esaminata la cosa, altramente la pensano. Il Signor Darù scrive, che della sciagura della flotta Veneta la voce pubblica accusava il Carmagnola, e che ciò non era senza ragione. — Un altro autor francese de' nostri giorni dice: Fu egli cagione della disfatta della flotta Veneta. Così pur dice il Poggio, e cento altri. Similmente tutti lo accusano di non aver acquistato Cremona, quand'era in procinto di farlo. Il signor Manzoni in ciò non trova errore, e molto men tradimento. Ordinò, egli dice, una spedizione, e non credette a proposito di sostenerla col grosso dell'esercito, perchè s'accorse, che il popolo facea resistenza. Prima di tutto è a sapersi s'egli l'abbia ordinata, o non sia piuttosto stata spontanea bravura di certo Cavalcabò, che, visto il buon punto, non volle perderlo. Possibile poi, che il Carmagnola s'imaginasse, che tutta la guarnigione fosse morta, e che dopo avere scalato un muro null'altro occorresse per prendere la città? Ma poichè conobbe, che c'era opposizione, fu bella lealtà il lasciar opprimere i suoi dal nemico? — Qui l'apologista soggiugne: Se la spedizione fu inutile ai Veneziani, non fu loro di alcun danno, essendo ritornato sano e salvo al campo il drappello che l'avea tentata. Io non vorrei, che in modo sì assoluto parlasse, perchè se v'è chi dice esser ritirato il drappello con poca perdita, v'è anche chi dice, e fra gli altri il Poggio, che rimase interamente trucidato. Ma che che sia, il gran danno pe' nostri fu il non aver presa la città, quando potevasi; e qui sta la perdita.

Siamo giunti al passo in cui del procedere del Senato ci conviene render conto. La sua tolleranza, il dicemmo, fu esimia. Non credasi però che assonnasse. Fino dal 1427, cominciò a concepire de' dubbii sulla fedeltà del Carmagnola, e col progresso del tempo le ragioni de' dubbii si moltiplicarono. Tuttavia non avendo prove sicure, per ben quattro anni soprastette, e cercò invece di vincer l'uomo co' beneficii e colla dolcezza. Ma giunse il momento in cui si cangiarono i dubbii in certezza. Non si volle però precipitare le deliberazioni. Otto mesi prima della sua condanna, quando egli stesso era in

Venezia, li due Provveditori al campo svelarono alcun'importanti secreti agli Avvogadori di Comune, Magistrato, ch'era tra noi il vindice e 'l difensore della patria libertà. Dagli Avvogadori fu portata la cosa al Senato. Varie sessioni si tennero, e l'ultima più decisiva fu protratta dal vespero sino all'alba seguente. In essa fu preso esser necessario assicurarsi di lui, processarlo, e se convinto fosse di fellonia, severamente punirlo.

Gravi ragioni di Stato, e le scorrerie degli Ungheri nel vicino Friuli, non permisero per allora dar esecuzione al decreto, e frattanto s'intimò a tutt'i Senatori il più profondo secreto. Mirabile esempio di zelo repubblicano diede in tale incontro quell'augusto consesso. Avvegnachè composto di oltre duecento individui, tra' quali alcuni famigliari del Carmagnola, ed altri di fortuna sì strema da poter essere tentati a prevenirlo colla certezza di gran ricompensa, niuno vi fu, che nè lui presente in sul principio, nè poscia che partì nel corso degli accennati otto mesi, aprisse bocca. "I principi assoluti, dice a questo proposito il p. Sarpi, non saprebbero trovar una medesima fede in soli quattro ministri, benchè eccessivamente beneficati." Se tale secretezza per l'una parte merita encomii, per l'altra è grande indizio non essere stato pur uno fra' Senatori, che della reità del Carmagnola non fosse intimamente convinto.

Successe finalmente il Congresso di Piacenza, durante il quale si posaron le armi. Fu allora che il Carmagnola venne chiamato a Venezia. Ma come senza ricorrere all'artificio sarebbesi ciò potuto ottenere, s'egli era alla testa di un esercito mercenario, e pronto a cangiar bandiera, secondo che al suo Generale fosse piaciuto? Nelle cose di Stato, non già ai mezzi, ma al fine suolsi badare. Imprigionato che fu, appoggiò il Senato il grave affare al Consiglio de' X cogl'Inquisitori di Stato e coi tre Avvogadori. Volle aggiungervi in oltre venti fra i Senatori di più specchiata probità. Dinanzi a questo Tribunale comparve il Carmagnola. Venne interrogato; gli si presentarono le sue lettere intercettate; indi i testimonii che deponevano contro di lui, tra' quali, oltre semplici domestici, v'erano ufficiali distinti, uomini di onore, che militato avevano sotto di lui, i quali asserivano fatti comprovanti la di lui fellonìa; pure egli persistette nel non voler confessare il reato; ma i Giudici credettero necessaria una tal confessione per vie meglio giustificare la sentenza; ed il Senato in oltre l'avea ordinata. Si ricorse dunque alla tortura, e questa valse a trargliela di bocca. Crudel mezzo in vero, che fa l'anima rabbrividire all'idea di tormenti inflitti, non agli scellerati soltanto, ai traditori della patria, ai parricidi, ma a quelli pur anco, le cui colpe non sono delitti, e persino agl'innocenti. Una tal barbarie però non era propria solamente di Venezia, come da taluno si vorrebbe far credere; essa era allora praticata da tutte le nazioni, anche le più incivilite e virtuose; e l'Elvezia stessa, nazione libera, trent'anni fa era ancor lorda di quest'ignominia... Il che è da notare per togliere a Venezia l'esclusiva odiosità di quella crudele usanza. Che se di qualche cosa vuolsi pur accusare i Veneziani, si accusino di averla ordinata in un caso, in cui meno conveniva, giacchè tutti i fatti e le deposizioni comprovavano la reità del Carmagnola. E qui mi pare di sentir levarsi un gran rumore, e già sento ferirmi l'orecchio la dimanda, chi vide le deposizioni? chi vide le lettere? chi lesse il processo? Per verità io potrei opporre dimanda a dimanda, e chiedere chi ci assicura che quattro secoli fa non sieno stati veduti da molti questi documenti, e che conosciuto non siasi da tutti il loro contenuto? Mi contenterò tuttavia di rispondere, che mal informato delle cose Venete è chi suppone, essere stato uso de' nostri Tribunali il far giudice il mondo delle sue sentenze. Pure, ciò che durante la Repubblica non era concesso di vedere se non che a que' fidati cittadini a' quali commesso era di scrivere la storia patria, poscia per le cangiate vicende non fu più tanto difficile. E di fatti, esistono ancora rispettabili soggetti, su la cui fede io già da qualche tempo scrissi questa mia narrazione, i quali attestano e giurano di aver veduti e scorsi gli atti del processo, le lettere intercettate, le deposizioni, gli esami; i testimonii, e finalmente la sentenza contro il Carmagnola. Ed in adesso il dotto e diligentissimo sig. Antonio Quadri nella seconda edizione del suo Compendio della Storia Veneta, assicura di aver egli stesso conosciuto dai pubblici registri tutto il corso di sì grave affare, e si diffonde alquanto estesamente sulle circostanze di questo argomento. Un Governo, i cui numi tutelari erano la clemenza e la giustizia, che per tema di offenderli avea indugiato quattro anni a decidersi, che tante cautele avea fatto precedere, non può senz'altro aver emanata un'iniqua sentenza. Sia pure, che un certo orgoglio, figlio del potere, rendesselo indifferente alle dicerie del volgo; egli però sapeva, che trattavasi della vita e del nome d'uno fra i primi capitani del secolo; nè certo poteva piacergli l'andare incontro alla disapprovazione almeno di tutta Italia. Aggiungasi un'altra riflessione, la quale non potrà certo essere di lieve peso. La Repubblica di Venezia pel corso di più secoli, non avendo atteso che alle cose di mare, si trovò affatto sprovvista di ogni cosa necessaria alla milizia terrestre, allorchè si risolse di attendervi. Nè il popolo per obbedire, nè i patrizj per comandare erano atti a queste inusitate imprese; e per ciò fu d'uopo ricorrere a soldati e a capitani forestieri, condotti da generosa mercede al suo servigio. Questo costume prendendo forza col tempo, si conservò sempre lo stesso, malgrado le reiterate esperienze, e gli scritti degli uomini più illuminati per dimostrare il danno, che da quest'uso derivava alla Repubblica. Al qual proposito, qual è quell'uomo che dotato di fior di senno, non ripeta quelle medesime parole di un autore anonimo, il qual dice: "Il bisogno, che i Veneziani avevano degli stranieri per comandare le loro armate terrestri, toglie ogni sospetto sopra la giustizia della sentenza del Carmagnola; che se fosse corso il dubbio, che miserabili passioni vi avessero concorso, non avrebber trovato chi si fidasse di essi."

Tutte le cautele usate per l'arresto del conte Carmagnola furono effetto di prudenza, o se così vogliam chiamarla, di paura di lui. Non è quindi a stupire, che simili precauzioni si praticassero anche nel giustiziarlo. Ognuno sa, che non fu costume de' Veneziani l'usare alcun apparato di forza nel recinto della loro città in qual siasi occasione, e fosse pur tale, che attirasse il concorso, ed impegnasse gli animi di tutto il popolo. Qualunque idea di diffidenza sul suo contegno, qualunque indizio troppo visibile di superiorità su di lui, volevansi sbanditi interamente. Il popolo avea in bocca il freno, ma gli si tenevano così allentate le redini, che quasi non si potesse accorgere di averlo. Per non deviare da simil prammatica, ed insieme prevenire ogni disordine, si ricorse (del che però non tutti gli Storici convengono) nel caso presente, alla sbarra posta in bocca del reo nel condurlo al supplicio. Poco fors'egli avrebbe detto, e poco le sue parole avrebbero o persuaso o commosso; ma quando pur si fosse suscitato tumulto in cento soli tra gli spettatori (e di quanti mali ai nostri giorni non furono cagione anche meno di cent'uomini?), quali mezzi avrebbonsi potuto porre in opera per reprimerli, se i soldati ed i cannoni mancavano? Per altro, tanto è lungi, che il Governo credesse dissenziente il popolo da sè intorno la reità del Carmagnola, che anzi il volle condotto colla massima pubblicità in piazza di san Marco, ed alla vista di tutti fatto decapitare. Ne punto s'intimorì pel fresco esempio dell'ardore da quel popolo stesso spiegato, quando col suo forte volere, opponendosi ad un troppo severo giudizio, ottenne la restituzione della libertà e degli onori al sospettato reo Vittore Pisani, come già ebbimo occasione di vedere. Che più? Il Governo non si guardò dal permettere, che la memoria del castigo inflitto al Carmagnola, si mantenesse sempre viva negli animi, mercè certi emblemi sparsi nella città, e particolarmente quello scolpito in pietra ed esposto in una delle principali piazze della città, che ancora sussiste; sulla qual piazza facevasi allora un solenne settimanale mercato. Un po' sopra alla base del campanile di san Polo, veggonsi due lioni coricati l'uno in faccia all'altro. Quello a destra tiene tra le branche una serpe, che però si difende, anzi uscendo colla testa fra mezzo le zampe del leone, e rizzandosi, gli addenta il collo. In esso par chiara l'allusione ai danni che la Repubblica per colpa del suo Generale riportò dal Visconti, la cui insegna era un serpente. L'altro tiene fra le zampe anteriori un capo umano, e questo sembra indicare il Carmagnola decapitato. Nessuna inscrizione portano le due figure. Goffa n'è la scultura, forse più che non dovrebbe appartenendo al secolo XV; ma la tradizione costante; che appuntino combacia coll'uso nostro di non rappresentar mai cosa a capriccio, rende abbastanza palese il significato dell'emblema.

Dal sin qui detto, sembra che ogni uomo scevro da maligna parzialità, dovesse risguardar come giusto, e non discorde dalle consuete loro massime l'operare degli antichi nostri avoli. Questo io so, che se potessero essi alzar la testa dalle spezzate e conculcate loro tombe; non isdegnerebbero l'ufficio pietoso ch'io tentai di prestar loro in queste pagine; e che conscii della propria loro coscienza ecciterebbero, quant'altri vi sono eredi dell'immortale lor nome, a respingere gl'insulti e le calunnie dello straniero con quella superiorità, che accordata viene alla forza del vero, che trionfar deve su ogn'altra forza.

DEL GIORNO DI S. GIROLAMO.

Il giorno di san Girolamo era assai solenne in Venezia, non solo per la pratica religiosa di onorare questo virtuoso penitente, e sapientissimo Dottore, ma per essere pur anche il giorno fissato all'annua rinnovazione de' membri, che per legge coprir dovevano le più gravi ed autorevoli magistrature. Tra queste era certamente del massimo rilievo il Consiglio di Dieci, Corpo in tutto separato dalla Repubblica, non avendo altra dipendenza da essa, che nell'essere i suoi membri eletti dal Maggior Consiglio, egualmente che tutti gli altri magistrati. Di questo Corpo tanti hanno scritto, ch'io credo inutile di qui ripetere ciò che ne dissero i veri conoscitori; o d'impugnare le calunnie dei mal affetti al Veneto Governo. Dirò bensì, che il suo esteso potere, le sue vaste mansioni, e se anche si vuole il terrore inspirato dal suo sistema, fecero più volte suscitare serii scandali, e turbare l'aristocratica tranquillità. La maniera con cui annunziavasi dal Maggior Consiglio o la disapprovazione di qualche atto emanato da quel Corpo, o il concepito sospetto ch'esso abusasse della sua autorità, si era di dar solenne ripulsa con pluralità di suffragi ai soggetti proposti; e quando ciò accadeva, era segno manifesto di grande interna convulsione da far tutto temere. Il giorno dunque di san Girolamo, in cui compievasi la scelta di que' Dieci coll'Aggiunta, perchè al primo di ottobre ne assumessero tutti insieme il carico, era giorno pericoloso. E non è da dissimulare, che fra' primarii cittadini, non regnasse un po' di trepidazione, giacchè in una moltitudine non è difficile trovarsi qualche genio malefico, che miri ad intorbidare il comun bene. La città tutta se ne interessava, e stavasene intenta per saper l'esito di un giudizio, che quantunque formato per la secreta via delle pallotte, diveniva palese dalla soddisfazione o dal disgusto che spiegavano in volto i patrizii, anche prima che girasse per la città il metodico scritto di tutte le ballottazioni fatte in quell'augusto Consesso.

Contenta la patria qualora avea con buon ordine, come per lo più avveniva, rinnovati gl'individui di un Corpo, da cui più particolarmente traeva la sua maggiore solidità, scioglievasi il Gran Consiglio. Gli antichi magistrati uscivano ricevendo ringraziamenti, i nuovi riverenze ed ossequii. Tutti si ritiravano esultanti di questa nuova garanzia della pubblica tranquillità. Il Doge, accompagnato dalle primarie dignità della Repubblica, rientrava nel suo appartamento, dove tratteneva a pranzo non solo queste, ma il Cancellier Grande con i principali Segretarii.

Non fu forse senza certa avvedutezza politica, che venne scelto questo giorno per invitare a banchetto una classe di cittadini, che siccome ammessa alla conoscenza degli affari di Stato, poteva più facilmente di ogni altra scordarsi per qual intervallo fosse distante dalla classe imperante e quindi cogliere il destro di eccitar qualche torbido, nella speranza di sormontare gli ultimi gradini di una scala così ammiranda. A fine dunque di amicarsela, o di farle meno pensare sulla sua inferiorità, ponevasi essa pure a parte della pubblica gioja. Il banchetto facevasi colla medesima sontuosità e magnificenza che tutti gli altri, ed il concorso del popolo n'era forse maggiore. Il volto di ognuno era atteggiato alla letizia del prospero evento di un giorno, in cui alla santità della Chiesa s'accoppiava una festa civile, che terminava con i brindisi all'amicizia, alla buona unione, e coi voti per la continuazione della comune felicità.

Non è raro in questo mio lavoro, che alla fine di alcune feste, trovisi descritto qualche uso singolare tra noi, il quale abbia relazione o al giorno, o al tempo di cui da prima si è fatto parola. Essendomi accorta avere ciò incontrato grazia presso i miei Leggitori, dirò qui alcuna cosa delle Villeggiature che principiavano appunto subito dopo questa solenne giornata; cosicchè essa, non solo per le viste politiche e civili, ma pur anche per le economiche e dilettevoli era aspettata colla massima ansietà. Non intendo io già parlare di quelle ancor più antiche villeggiature tanto celebrate da un gran numero di scrittori, che sin dal 1500 facevansi nelle isole prossime alla città, e per questa assai comode; allorchè il traffico era l'unica sorgente della nazionale ricchezza; e particolarmente in quella di Murano, dove i più ricchi e chiari gentiluomini Veneziani vi avevano eretti edifizii superbi, piantati giardini vaghi e fioritissimi, e dove infine al tempo delle ricreazioni, i lor palagi potevano essere considerati quali Atenei di Dotti indigeni e forestieri, che tutti trovavanvi nobile e gentile ospitalità: parlo di quelle che si fecero nella Terraferma dopo que' cinque e più milioni d'oro, che, secondo il Bembo, avea costato all'erario la guerra di Cambray; dopo le immense spese fatte per restaurare, abbellire e fortificare tante città e castella; dopo che in Venezia si erano eretti tanti marmorei palagi e chiese magnifiche; dopo i ricchi e suntuosi monumenti innalzati in onore degli Eroi della Patria; dopo tutte le largizioni praticate ai numerosi scultori, architetti e pittori della famosa Veneta scuola; dopo infine che scemato il commercio per la scoperta del capo di Buona Speranza e dell'America, tanto ancor ne rimase che molte famiglie poterono comprar terre e feudi, ornandoli di signorili palagi, facendovi splendidi lavori sì per la coltivazione, che per l'uso delle acque, onde godervi qualche giorno di riposo campestre dopo le faccende governative. E quale contrasto non offre il quadro di tanta ricchezza, di tanta magnificenza, colla semplicità del vivere dell'istesso decimosesto secolo! A quei dì, le nostre Matrone erano assai affaccendate nell'allestire ogni cosa per la villeggiatura; cioè in preparar la biancheria pel bucato di tutto l'anno; in acconciar i vecchi vestiti, ancora buoni pel fango e la polvere della campagna; in provvedersi di zoccoli per difendersi dall'umido e di grandissimi cappelli di paglia per ripararsi dal sole. Pensavano pur anche a quanto potea ben ricreare e trattenere gli ospiti distinti, che fossero andati a visitar le loro famiglie in villa; e quindi erano là pronti zucchetti, volanti, rulli, dallotte, ed il famoso giuoco dell'oca. Questo figurava grandemente le sere del cattivo tempo. Veniva esso intermezzato da rinfreschi, non già di limonee o di caffè, che allora non costumavansi, ma di castagnuole o di succiole per viemeglio assaporare qualche bicchiero di vino nuovo dolce, giacchè punto non disdiceva a quell'alta nobiltà di accrescere con questo mezzo l'innocente gajezza. Nelle belle sere pòi, la famiglia accompagnata dai ragguardevoli ospiti recavasi a qualche abituro de' suoi coloni, e piacevale intervenire alle vegghie, che le femmine armate di rocca usavano tenere per le stalle. Ivi era gran diletto l'udir da qualche vecchierella narrare le stravagantissime fiabe delle fate e degli stregoni, e più il vedere come a que' racconti la brigatella rustica stavasi estatica, ed a bocca aperta se li beveva. Talvolta il trattenimento variava, e udivasi cantar da qualche villanello certe semplici villotte, accompagnate dal suono di un colascione, e più spesso da un piombè, con un piacere indicibile di tutti gli astanti... Ma ormai m'avveggo, che la narrazione di un viver sì semplice tanto diverso da quel che si usa oggidì sia in città, che in campagna, dee recar noja. I poeti, per verità, non furono parchi in celebrare le delizie della vita campestre, ma per dilettare presero a soggetto certa vita pastorale, fondata sopra un bello ideale, che in natura non esiste; quella di che io parlo, è bensì esente da tormentose passioni, da cocenti desiderii, da irrequieti pensieri compagni indivisibili delle cittadinesche cure; ma trovasi però avvolta nella rozzezza, viene circondata da occupazioni sempre grossolane, spesso faticose, talor nauseanti, e le sue ricreazioni non sono atte a svegliare lo spirito, nè a raddolcirne la tempra, onde meglio gustare delle delizie famigliari: essa infine ci offre un quadro sì opposto al nostro moderno incivilimento, da non poterne più formare alcun soggetto di trattenimento. Di fatti osservo, che il nostro immortale Goldoni, perfetto conoscitore del cuor umano ed inarrivabile nel saper toccare tutte le molle risvegliatrici del piacere, compose tre commedie, con quel suo spirito fino e penetrante, sulle moderne villeggiature, ma nessuna ne scrisse sulle antiche. I pochi cenni adunque fatti intorno a queste ultime, bastano per soddisfare anche i rigidi ammiratori delle antiche nostre semplicità.

FINE DEL VOLUME QUINTO.